LA VIERGE

Michèle Curcio

Les Signes du Zodiaque

La Vierge

Robert Laffont
Sand

Frontispice :
Liber Astrologiae. *Manuscrit latin du XIVe siècle.*

SOMMAIRE

Première partie

Deuxième partie

Troisième partie

Première partie

Chapitre I
La Vierge dans le Zodiaque

Dans le Zodiaque, cercle entourant la Terre à la hauteur du firmament, le signe de la Vierge occupe l'espace compris entre le 150e et le 180e degré; le premier degré étant le commencement d'un autre signe : le Bélier.

Dans l'ordre habituel des signes du Zodiaque, qui traditionnellement commence par le Bélier, la Vierge occupe le sixième rang. Étant donné que le cycle annuel contient douze signes, la Vierge se situe donc au milieu de l'année.

Considérant qu'il y a quatre saisons, nous dirons aussi que le printemps correspond aux trois premiers signes : Bélier (du 21 mars au 20 avril), Taureau (du 22 avril au 20 mai), Gémeaux (du 21 mai au 21 juin). L'été correspond aux trois signes suivants : Cancer (du 22 juin au 22 juillet), Lion (du 23 juillet au 22 août), enfin Vierge (du 23 août au 22 septembre).

La situation d'un signe par rapport aux saisons présente un intérêt primordial. Les dates qui sont données à la suite du nom de chaque signe indiquent la période de l'année pendant laquelle le Soleil se lève devant la portion de ciel correspondant à ce signe. Or, chaque année, au matin du 23 août, le Soleil se lève, pour la première fois, dans le signe de la Vierge, et chaque matin jusqu'au 22 septembre. C'est pour cela qu'on a coutume de dire que les personnes nées entre le 22 août et le 22 septembre sont nées « sous le signe de la Vierge » ou, plus rapidement, qu'elles sont Vierge.

Lorsque, dans la nuit des temps archaïques, les premiers astrologues étudièrent le ciel, ils donnèrent

---

La Visitation, *par Meister Bertram,*
XIVe siècle (musée des Arts décoratifs).

ce nom à une constellation, c'est-à-dire à un groupe d'étoiles brillant dans le ciel nocturne.

La constellation de la Vierge est formée de sept planètes et d'une étoile appelée Épi ou Spica. Aussi, dans les représentations imagées et symboliques de la Vierge comme signe zodiacal, voit-on généralement une jeune femme tenant à la main un épi de blé.

L'été se termine. Le dernier jour du signe de la Vierge correspond à l'équinoxe d'automne.

Dans l'hémisphère boréal, le signe zodiacal se trouve en rapport étroit avec le déroulement des saisons. Il s'agit de l'Astrologie méditerranéenne, ainsi nommée parce que, probablement née en Chaldée, elle s'est développée dans le Bassin méditerranéen. C'est pourquoi, dans notre hémisphère, elle peut correspondre au déroulement des saisons.

Si l'on étudie les douze signes du Zodiaque l'un après l'autre, on constate que leur analyse s'inscrit très bien dans le cycle du déroulement des saisons. Cependant, qu'en est-il dans l'hémisphère austral ?

Lorsque les premiers inventeurs du Zodiaque remarquèrent que le Soleil, à partir du 23 août et jusqu'au 22 septembre, se levait dans l'espace occupé par la constellation dite de la Vierge, ils attribuèrent ce nom à la période considérée; même si, par la suite, l'ensemble du firmament paraît se déplacer, ce nom reste à cet emplacement.

Le signe est donc traditionnel et aucune logique ne permet d'en modifier le nom. Son interprétation ne peut être juste que si la tradition est respectée.

La fin de l'été

Si nous établissons un parallèle entre les signes du Zodiaque et le déroulement de la vie naturelle sur terre, nous interpréterons plus clairement les caractères des natifs du signe. Suivons ce déroulement : sous le signe du Bélier, qui débute le 21 mars au point vernal, la nature est dynamisée par le Feu, élément de ce signe, et par l'élan vital qui pousse les germes à sortir des graines et les feuilles à sortir des bourgeons. C'est le temps où la sève, prête à s'élancer dans les plantes, rassemble ses forces et, contre toutes les oppositions et les obstacles, monte miraculeusement de bas en haut, dressant vers la voûte céleste les premières promesses de la saison printanière. Émus de ce recommencement attendu avec anxiété et immuablement présent chaque année, les êtres s'unissent pour, eux aussi, accomplir des promesses de vie, dans un exaltant élan de joie de toute la création, sous un ciel devenu plus clair, sous un ciel devenu plus vif. La jeune pousse est sortie du sol. Les natifs de ce signe ont gardé en eux la fougue, l'élan, la spontanéité de la nature se précipitant vers le renouveau de la vie.

Au 21 avril, et sans qu'aucune modification du cours des choses ne soit perceptible aux ignorants et aux indifférents, on change de signe. Du 21 avril au 20 mai, le Soleil se lève dans un autre secteur du Zodiaque, le signe du Taureau. Signe dominé par l'élément Terre, alors que le Bélier est un signe de Feu. Signe féminin, alors que le Bélier est masculin. C'est, chaque année, l'épreuve de la terre : la plante enfonce ses racines dans le sol, fragiles racines qui, avec une force incompréhensible pour les hommes, écartent tout ce qui gêne leur progression, sans brutalité, mais avec force et délicatesse. Au-dessus du sol, la beauté se répand : fleurs, feuillages légers, ciel de plus en plus pur; les natifs du signe du Taureau ont la patience lente et tranquille qui fait pousser les plantes et un grand sens artistique, peut-être parce qu'ils sont nés entourés partout de beauté. Après la force et l'initiative, c'est le règne de la grâce et de la réceptivité.

Au 21 mai, on entre dans le signe des Gémeaux. La nature reçoit ses dons du ciel et les restitue en richesses pour les hommes et les animaux. L'élément Air domine ce signe au masculin. C'est dans l'air que les plantes désormais développent le plus d'activité.

Les branches, les feuillages aspirent dans l'air les effluves, l'oxygène, la chaleur croissante et les transforment en beauté, vie et richesse. Les natifs de ce signe en sont les témoins : par leur jeunesse perpétuelle, par leur activité primesautière et par leur goût pour le rire et le bonheur de vivre.

Au 22 juin, le Soleil se lève pour le première fois dans le signe du Cancer. Nous avons là, de nouveau, un signe féminin, dominé par l'élément Eau. Sur le plan ésotérique, c'est un signe de gestation. La graine, née du miracle de la fleur, se forme dans le plus grand secret. Alchimie de l'ombre : on est sous le règne de l'eau et sous l'influence de la Lune. Toute la vie qui doit renaître est déjà virtuellement promise à s'épanouir. Aussi les natifs de ce signe ont-ils pour le foyer familial, pour leur enfance, pour leur mère surtout, un sentiment qui domine toutes leurs réactions, qui colore leur personnalité.

Et c'est alors l'éclatement triomphal du grand signe solaire du milieu de l'été : à partir du 23 juillet, le Soleil se lève dans le signe du Lion. C'est un signe au masculin. Il est dominé par le Feu. Deuxième signe de Feu, il recommence donc un cycle. Ce n'est plus un feu natif, mais c'est la gloire du feu solaire. Bravoure, fierté, force, enthousiasme caractérisent ceux qui naissent dans cette saison de plénitude, où le blé mûrit, où la vigne montre ses premières grappes, où tout bruit doucement dans une chaleur inondée de lumière, la plus forte du cycle annuel.

Après ce sommet commence l'autre versant. A partir du 23 août, et jusqu'au 22 septembre, le Soleil se lève dans le signe de la Vierge. La chaleur diminue. Les jours tendent à devenir égaux aux nuits. Après le grand élan brûlant, on récolte, on engrange, on compte.

On pourrait se demander quelle est l'origine de ce nom.

Le Bélier était l'animal vivace et bondissant. Le Taureau, de ses sabots, ameublissait les alluvions fertiles étalées par le débordement des fleuves au printemps. Les Gémeaux symbolisaient la dualité qui caractérise le printemps, saison des couples. Le Cancer était revêtu d'une carapace protectrice, comme tout germe en état de développement. Le Lion, par sa grosse tête ronde, ressemblait au Soleil qui nous illumine, et sa crinière royale aux rayons qui nous éclairent.

La Vierge, quant à elle, est la gardienne des biens qui devront assurer l'existence du groupe, du clan, du foyer pendant les mois difficiles de la seconde moitié de l'année. Il faut penser que Vierge, en fait, veut dire : jeune femme ou jeune fille. Le fait qu'elle ait déjà reçu le contact de l'homme ne semble pas entrer en considération. Cette distinction paraît moderne. Néanmoins, il est des auteurs qui voient dans ce titre une allusion à la stérilité de la terre après les récoltes, car elle ne sera pas ensemencée avant plusieurs mois.

En fait, la Vierge, ayant vu se terminer le cycle de la reproduction par la récolte, peut négliger la vie matérielle et se tourner vers d'autres intérêts. Par exemple, la vie psychique, mentale, intellectuelle, les conceptions abstraites. En cela elle est neuve, elle est vierge.

Les fruits de la terre

La période au cours de laquelle le Soleil se lève dans le signe de la Vierge est celle des moissons, des récoltes, des festivités alimentaires. La joie est grande, lorsqu'on vit près de la nature, de voir avec quelle fidélité et quelle bonne volonté la terre délivre généreusement des richesses essentielles, dès qu'on fait le moindre geste en sa faveur.

C'est le moment d'abandonner toute inquiétude et de se rassurer.

Avant de songer à l'approche de la saison froide, on constate que le travail porte ses fruits, que la vie sera maintenue dans de bonnes conditions parce que la nourriture est renouvelée, parce que les provisions vont emplir les réserves.

Même en nos temps modernes, règne des conserves et des « surgelés », cette période des récoltes demeure précieuse et son importance primordiale. D'abord parce que de nombreux pays vivent essentiellement de leurs récoltes; si ces dernières venaient à manquer, les gens mourraient. Ensuite parce qu'un atavisme viscéral nous incite toujours à considérer la nouvelle récolte d'un œil ému et reconnaissant.

L'épi est mûr. La moisson est sur pied, prête à se laisser ramasser et placer en réserve. La saison est bienfaisante. Le signe de la Vierge est représenté par une jeune femme avec des ailes et tenant un épi à la main. La principale étoile de la constellation s'appelle l'Épi; nous allons voir que le blé reste présent dans la célébration des fêtes de Déméter qui sont liées à ce signe.

Les natifs du signe seront naturellement influencés par la tradition. Ils le seront aussi par la saison, par la hauteur et la chaleur du Soleil, et, enfin, par les planètes.

Le fait que cette saison soit celle des récoltes nourricières a une influence organique sur les natifs du signe. Les Vierge s'intéressent à la nourriture et à sa digestion...

En cette saison, on récolte; on peut donc se rendre compte de la valeur des efforts fournis. C'est un temps de mesures, de recensement, d'engrangement aussi, car il faut mettre cette production à l'abri des catastrophes. Les natifs du signe seront tentés de compter, d'apprécier les choses et les biens, de les mettre en ordre.

Nous verrons, en analysant plus loin la psychologie des natifs de ce signe, que ces circonstances

saisonnières influencent leur attitude envers la vie et les considérations qu'ils portent sur le monde en général.

En outre, il faut également remarquer que la Vierge est un signe de Terre, le second des trois signes de Terre que compte le Zodiaque. Le premier étant le Taureau, le troisième le Capricorne. Le signe dit Terre fixe est celui du Taureau; celui de la Vierge est dit Terre mutable, car il représente une période de transition entre la récolte et le prochain ensemencement.

On observe aussi une correspondance inversée entre la Vierge et les Poissons, comme on voit ses propres traits à l'envers quand on se regarde dans un miroir.

Comparons rapidement la Vierge et les Poissons

1. *Le signe des Poissons est le douzième signe du Zodiaque : du 20 février au 20 mars.*

   La Vierge est le sixième signe.
   Ces deux signes se trouvent donc placés aux deux extrémités d'un diamètre du cercle zodiacal. Nous allons voir où se situent les inversions et oppositions.

2. *Le signe des Poissons est un signe d'Eau.*

   Le signe de la Vierge est un signe de Terre. Or, l'histoire de la formation de notre planète indique qu'il y eut d'abord l'eau qui recouvrait tout; puis les eaux s'écartèrent et se séparèrent de la terre, qui forma les continents. Cette dualité a permis la configuration actuelle, et elle est dans toutes les traditions cosmologiques.

   Mais entre la terre et l'eau demeure une rivalité, une lutte d'influence : tantôt l'eau érode la terre, comme l'océan au bord des rivages en falaises. Chaque grande marée creuse la roche fragile et emporte une

---

Le signe de la Vierge annonce la fin de l'été.

étroite bande de terre. En d'autres endroits, la terre repousse l'eau, comme dans les deltas des grands fleuves, où elle fait reculer la mer; c'est ainsi qu'Aigues-Mortes a cessé d'être un port de mer !

3. *Le signe des Poissons s'ouvre sur l'universel, sur le Cosmos.*

Le signe de la Vierge tend à s'intérioriser, se refermer sur soi avec l'économie de gestes et de bruit de la bonne ménagère qui referme sur ses réserves les portes luisantes de ses armoires. Le natif des Poissons a le front convexe et les yeux écartés. Le natif de la Vierge a le front droit et les yeux rapprochés.

Tout les oppose au point qu'ils se complètent.

4. *Le natif des Poissons, sous l'influence de Neptune, a tendance à rêver, à rester imprécis, à se perdre dans les illusions.*

Le natif de la Vierge, sous l'influence de Mercure, aime les chiffres, la réflexion intellectuelle, la comptabilité, tout ce qui est concret, utile, précis.

Ainsi, en étudiant les oppositions de ces deux signes, fait-on quelques pas vers une compréhension plus profonde du caractère du signe de la Vierge.

Le point de vue de l'astrologue

En vous représentant la Terre dans l'espace, vous imaginerez, comme les enfants, une boule lancée sur son orbite et tournant sur elle-même. Vous avez suffisamment entendu parler du système solaire et de la galaxie pour imaginer que la Terre, tout comme une autre planète, voyage dans l'infini. Mais l'astrologue, lui, prend une position un peu artificielle pour ses travaux. Au lieu de se placer en imagination n'importe où dans le vide interstellaire, il reste sur la Terre. Son point d'observation est au sol : c'est le lieu de la naissance du sujet dont il étudie le destin d'après l'Astrologie. En s'adressant à un consultant qui recherche des informations directement utilisables, il se doit d'être réaliste.

De ce point précis, soigneusement situé sur le globe terrestre et défini par sa longitude et sa latitude, il voit le firmament comme une voûte enveloppant la moitié de la Terre et reposant sur la ligne d'horizon. Se dessinant sur cette voûte, il imagine facilement les constellations qui forment l'assemblage de ces points lumineux que sont les astres, qui figurent des groupes, des dessins irréguliers et que, jadis, pour les reconnaître, on a désignés par des noms. Il imagine une bande dont on ne peut mesurer la largeur qu'en degrés. Ces degrés expriment un angle. Cet angle a son sommet au centre de la Terre; ses côtés sont des droites imaginaires qui passent par la limite supérieure et par la limite inférieure de la ceinture zodiacale. C'est un angle de 23°.

Pourquoi l'astrologue ne considère-t-il que cette bande circulaire qui entoure la Terre, et non l'ensemble du ciel ? Parce que seule cette zone du ciel nocturne permet de constater un déplacement régulier des planètes. Et cette bande est le Zodiaque.

Schématiquement, on représente le Zodiaque sous la forme d'un cercle divisé en douze secteurs : un pour chaque signe. Les rayons de cette circonférence déterminent ces secteurs, égaux, donc ayant 30° d'angle au centre.

Chaque secteur correspond à un signe du Zodiaque. Chaque signe porte le nom d'une constellation devant laquelle, approximativement, il se trouve.

Lorsqu'on veut étudier le destin d'un sujet d'après l'Astrologie, on doit dresser sa « carte du ciel ». A l'aide de divers documents (qui sont édités dans le commerce), on retrouve l'heure réelle de sa naissance et on rétablit l'état du ciel à l'heure où le nouveau-né poussait son premier cri. De la position respective des astres, du Soleil et du Zodiaque, on tire de nombreuses déductions et conclusions.

Dans cet ouvrage, nous ne considérons que le signe, l'ascendant, et quelques autres éléments pour faire de votre signe de naissance une interprétation générale, psychologique et surtout utile. Grâce à notre interprétation, vous comprendrez une grande partie de votre caractère et des réactions de votre entourage. Sans être vous-même versé dans l'Astrologie, vous pourrez déchiffrer très facilement la personnalité de quelqu'un dès que vous saurez sous quel signe il est né. Certains objecteront : le portrait psychologique d'après le signe zodiacal de naissance n'est pas tout. Mais il y a aussi bien d'autres observations que vous apprendrez à faire vous-même si, au lieu de vous contenter de lire ces lignes, vous vous pénétrez du sens d'une telle étude, vous saisissez dans son ensemble la notion multiple exprimée par les mots « signe de la Vierge ». Alors, si un jour quelqu'un vous dit : je suis Vierge, vous saurez presque tout sur votre interlocuteur.

Un signe de Terre

Les douze signes sont classés selon les quatre éléments : trois signes appartiennent à chacun des éléments, lesquels sont, comme chacun sait, la Terre, l'Air, l'Eau et le Feu. On a donc, autour du Zodiaque, trois signes de Feu; ce sont : le Bélier, le Lion, le Sagittaire. Le premier c'est le Feu naissant, vif, léger, l'étincelle. Le second, c'est la pleine lumière, la grande chaleur, le Feu glorieux du Soleil. Le troisième, c'est le Feu qui consume et qui s'éteint.

On a aussi trois signes d'Air; ce sont les Gémeaux, la Balance, le Verseau. Le premier est l'air léger du printemps, l'air chargé de la pureté de l'aube, l'air que l'on respire calmement et qui réveille, qui donne de la joie, qui dynamise et qui entraîne au mouvement. Le second, c'est l'air immobile et calme d'un milieu de saison, d'un milieu de jour, l'air qui porte, qui soutient, qui maintient, qui ne déplace pas. Le troisième, c'est le souffle large et paisible qui grandit et s'étend, le souffle de tous les hommes respirant dans la paix et la sérénité.

Viennent ensuite les trois signes d'Eau : le Cancer, le Scorpion et les Poissons. Le premier est l'eau du marécage natal, source de vie ; le second, la plénitude ; et le troisième, la dilution dans les océans, dans l'universel.

On a enfin les trois signes de Terre, avec le Taureau, la Vierge et le Capricorne. Le premier, c'est la terre dans laquelle on plante, sur laquelle on s'appuie pour se livrer à un effort et affermir sa démarche, la terre du départ et du commencement. Le second, c'est celui des mystères souterrains où s'est faite la germination et d'où sort enfin la récolte, la terre de richesse et d'accomplissement. Le troisième, la putréfaction enrichissante, d'où renaîtra la plante, la vie nouvelle dans cet enchaînement merveilleux qui donne un peu le vertige sitôt qu'on y pense, mais auquel, heureusement, on s'est depuis notre plus jeune âge habitués et que l'on considère comme normal.

La Vierge est un signe de Terre précis, nettement défini et qui doit veiller aux biens matériels les plus essentiels. Aussi la santé, le bon état général sont-ils pour la Vierge des éléments déterminants. Le grain de la récolte doit être sain. Ce problème de la santé, on le retrouvera dans la psychologie des natifs du signe.

A l'opposé de la Vierge, nous l'avons vu, se trouve le signe des Poissons. Leurs significations sont logiquement contraires.

Le signe de la Vierge concerne ce qui est compté, précis et limité, c'est-à-dire la récolte qu'il faudra répartir équitablement, ce qui est concret. On ne se nourrit pas d'idées.

Le natif du signe des Poissons ne sait pas compter; il ignore les normes, les cadres, les classifications; il ne connaît que l'universel. Ses contacts sont sans bornes. Il est double quand la Vierge est une parce qu'il est à la fois lui-même avec beaucoup d'esprit pratique et tous les autres avec beaucoup d'illusions, de rêves et d'idéalisme.

Aussi peut-on situer le signe de la Vierge sur le cercle zodiacal, dans ses rapports avec les autres signes et avec le cycle annuel des saisons.

L'individualité qui caractérise la Vierge est née au cours du signe qui la précède, le Lion, pour lequel nous disions : « Je est un autre. » Sous le signe de la Vierge, cette individualité se renforce : le grain se détache de la plante. La personnalité du « je » s'impose et se choisit des limites; ce faisant, elle se différencie, adopte des particularités qui la distinguent de son environnement, elle crée ses propres frontières et se sépare du reste de l'Univers.

Référence à l'Homme-Zodiaque

L'Homme-Zodiaque est une conception abstraite, selon laquelle chacun des signes du Zodiaque correspond à une partie du corps humain. Le premier signe étant le Bélier, ce signe correspond à la tête de l'Homme-Zodiaque. Aussi remarque-t-on que les natifs du Bélier craignent les maux de tête. De même, on note un mouvement portant le front en avant, très caractéristique des natifs de ce signe. Le second signe, le Taureau, correspond à la bouche et à la gorge de l'Homme-Zodiaque. Les natifs du signe ont généralement une voix remarquable par son timbre et par son charme, qu'elle soit aiguë ou grave, forte ou faible, mais elle est le plus souvent forte. En revanche, ils

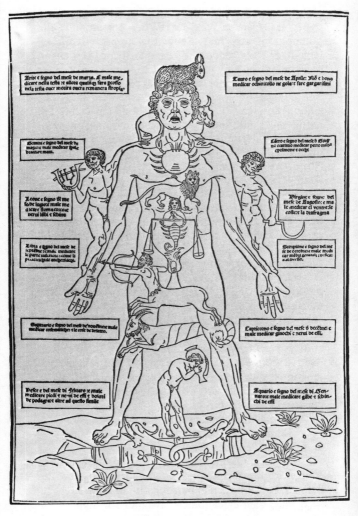

Homme-Zodiaque. Gravure tirée du
Fasciculus Medicinae, *de Jean de Ketham, XVe siècle.*

craignent les maux de dents et de gorge. Le troisième signe, les Gémeaux, signe d'Air, correspond aux poumons et aux bras. Ses natifs supportent difficilement une vie sédentaire. Le quatrième, le Cancer, correspond au plexus solaire et les natifs de ce signe sont souvent victimes de maladies psychosomatiques : une contrariété les rend physiquement malades. Le cinquième signe, le Lion, correspond au cœur. Les natifs du signe sont généreux et courageux, mais craignent l'infarctus du myocarde. C'est à l'appareil digestif que correspond le sixième signe, la Vierge, car elle arrive au moment des récoltes et elle songe à l'alimentation à venir.

Certains auteurs déclarent voir déjà les anses intestinales dans les courbes graphiques de l'hiéroglyphe de la Vierge. Les intestins ont pour fonction précise le tri des aliments, le choix de ceux qui seront assimilés, l'élimination des déchets. Le signe adopte des objets symboliques correspondant à cette mission : le filtre, la grille, le filet, le nœud. Ce qui retient et laisse passer, ce qui sélectionne, ce qui classe et choisit. Une telle complication n'est peut-être pas nécessaire; peut-être y a-t-il un raffinement du raisonnement qui risque de nuire aux natifs de ce signe.

Il arrive qu'un commentaire trop exclusif et trop logique d'un signe trouble les natifs de ce signe. J'ai rencontré une jeune femme très « type natif de la Vierge » physiquement et moralement, qui se sentait blessée d'être née sous ce signe.

A ma question souriante :

— De quel signe êtes-vous ?

Elle avait répondu, l'œil navré :

— Malheureusement, je suis née sous le signe de la Vierge et les astrologues ne me trouvent que des défauts, en tout cas une personnalité ridicule !

Il faut, bien évidemment, assumer son signe; comment faire autrement ? Mais il faut savoir qu'aucun astrologue digne de ce nom ne donne de jugement sur

24

la valeur d'une personne. On indique des traits de caractère, sans plus; c'est le natif du signe seul qui, de lui-même, en tire des conséquences positives ou négatives.

Ces préliminaires nous conduisent à une étude traditionnelle et mythologique du signe, car les symboles des signes du Zodiaque sont largement antérieurs à la mythologie gréco-romaine, mais ils sont traversés par cette mythologie. De plus, la tradition grecque est si belle et si bien établie qu'on s'y rapporte encore souvent aujourd'hui pour disserter sur des notions trop abstraites.

Le signe de la Vierge a la particularité d'être beaucoup plus ancien. Dès la plus haute Antiquité protohistorique, on trouve en effet des traces d'une conception mythique où figure un lien entre la femme et la Terre, entre la femme et la récolte. Selon une phrase apparemment obscure, en fait très explicite, de Mircea Eliade, auteur d'un magistral *Traité d'histoire des religions*, la Terre « a été adorée parce qu'elle rendait, portait fruit, recevait ».

Qui n'a pas connu la joie de voir germer ce qui a été semé ? Qui ne s'est un jour étonné de cette bonne volonté que témoigne la terre quand on lui confie une graine, une jeune plante ou une bouture ?

Un culte de la Terre porteuse de récoltes n'a pu naître qu'avec l'agriculture. Dans une première phase, la terre est présentée cause unique de la gestation de la femme. On a pensé que la femme était ensemencée par la terre, non par l'homme. Elle recevait le germe du futur fœtus en s'asseyant à même le sol. On comprend alors l'idée de la vierge mère. Les hommes, dans une telle conception, ne sont liés entre eux que par la mère, le père n'étant qu'un adjoint chargé de contribuer à rendre la vie possible parce qu'il est, en raison de sa force physique, un défenseur et un pourvoyeur des biens nécessaires.

Pour cette période, la terre, Gê ou Géa pour les

Grecs archaïques, est réellement la grande déesse Terre-Mère. Puis le culte a évolué, la pensée s'est affinée. La Terre-Mère s'est subdivisée et la branche concernant la femme vierge, la fécondité, la récolte est devenue Déméter.

En même temps, la conception d'une paternité réelle par l'homme est née à partir d'un parallèle entre le charrue et l'organe mâle. Lorsque le culte de Déméter donna naissance aux *Mystères d'Eleusis*, une séquence du rituel de ces derniers consistait à regarder d'abord le ciel, ensuite la terre, en disant : « Fais pleuvoir ! Que tu portes fruit ! », « La femme est le champ et le mâle est le dispensateur de la semence », dit l'Atharvaveda, texte archaïque hindou.

Revenons donc à Déméter, issue de la mythologie grecque, adoptée par les Latins sous le nom de Cérès.

Ces divinités mythologiques si près de l'humanité ne sont pas uniquement des idoles auxquelles on vouait un culte. Elles étaient surtout des symboles philosophiques et sociologiques par le moyen desquels on pouvait expliquer de nombreux problèmes relatifs à la condition humaine, en les amenant à la portée des esprits les moins tentés par la méditation et plus attirés par le concret.

Leur grande variété, leurs aventures très terrestres, leurs caractères diversifiés témoignent de leur fonction dans la connaissance de l'homme.

Par une sorte d'harmonie spirituelle universelle, l'ensemble des créations de l'esprit humain se recoupe en des correspondances étonnantes qui font de l'immense fresque des religions, des superstitions, des traditions et de la culture intellectuelle, un tout si harmonieux qu'il se fond dans l'universelle symphonie.

On rêverait d'établir ces correspondances, mais comment le faire quand elles sont infinies et qu'elles nous dépassent à tel point que nous nous sentons troublés et anxieux à la seule idée d'en épeler les lettres : « Le silence de ces espaces infinis m'effraie » (Pascal).

Gerbe de blé. Bas-relief provenant
du sanctuaire d'Eleusis.

Chapitre II
Symbolisme et mythologie du signe de la Vierge

Le signe de la Vierge est le sixième signe du Zodiaque, qui en compte douze. On conçoit donc qu'ayant accompli la moitié du cycle, on se trouve en un point culminant et qu'après ce point il faille redescendre. L'évolution exprimée par les symboles des six premiers signes se conclut maintenant par la constitution d'une unité cosmique. Ce « je » qui a pris conscience de sa propre existence dans le signe du Lion atteint sa plénitude avec le signe de la Vierge.

L'avènement du signe de la Vierge ramenait chaque année, chez les Grecs de l'Antiquité, des cultes et des rites adressés à Déméter, la déesse des Moissons, dont la légende va nous livrer le sens profond et la valeur de ce signe.

Certains trouveront à sourire de nous voir faire encore allusion à un signe qui ne se trouve plus en face de la constellation dont il porte le nom. Nous avons déjà expliqué le peu de fondement d'une telle remarque en ce qui concerne l'interprétation du signe.

La réalité des sciences humaines n'a pas la rigueur des mathématiques, elle est plus nuancée.

Les dieux de l'Olympe

La Grèce antique avait douze dieux qui vivaient dans une demeure inaccessible, au sommet de l'Olympe.

Triptolème reçoit de Déméter l'épi de blé, symbole de fécondité. Stèle d'Eleusis, vers 450 avant Jésus-Christ (musée d'Athènes).

Quels étaient ces dieux ? Des personnages mythiques auxquels on vouait un culte qui, en réalité, s'adressait, à travers eux, à l'unique divinité concevable, source et fin de tout, si distante et si haute que les voix humaines ne pouvaient espérer l'atteindre. Ces personnages mythiques, avec leurs aventures et leurs avatars, avaient une signification. Dans l'esprit de. la tradition qui les avait créés et exprimés, ils possédaient la valeur d'un symbole, dans le dessein d'expliquer la condition de l'homme et de répondre aux questions que la sociologie et la métaphysique se sont toujours posées.

On distinguait six déesses et six dieux. Les dieux (nom grec, suivi de leur nom latin) : Zeus ou Jupiter, Apollon ou Phoebus, Arès ou Mars, Héphaestos ou Vulcain, Hermès ou Mercure, Poséidon ou Neptune; les six déesses : Héra ou Junon, Athéna ou Minerve, Aphrodite ou Vénus, Hestia ou Vesta, Artémis ou Diane, enfin Déméter ou Cérès.

Sous terre régnait Hadès ou Pluton.

Le jour où l'étoile appelée l'Épi (ou Spica) se levait à l'aube sur l'horizon désignait le jour de la fête de Déméter, déesse des Moissons.

La légende de Déméter

Pour la mythologie grecque, le dieu le plus puissant était Zeus, parce que, aux yeux des Grecs, tout groupe vivant sous-entend une hiérarchie, donc un chef, mais, dans l'image que l'on s'en faisait, Zeus était encore trop près de la personne humaine pour être réellement infini en espace et en temps; bien qu'il n'ait pas d'âge, on n'eût pu l'imaginer ayant toujours existé; aussi lui donnait-on un père et une mère. Le père de Zeus était Cronos, c'est-à-dire le temps conçu comme création, usure et destruction; sa mère était Rhéa, le temps également, mais celui des siècles qui s'écoulent, de l'évolution. Cronos, symboliquement, ne peut rien épargner. Il crée, mais il détruit et dévore : tout ce qui est créé est dévoré par le temps. Dans la mythologie, Cronos procréait des enfants qu'il tuait aussitôt.

Cette logique eût dû avoir comme conséquence l'inexistence de toute chose. Comme le monde existait, on l'expliquait ainsi : un oracle avait annoncé que, de Rhéa, Cronos aurait un enfant qui régnerait sur le monde. Dès lors, Rhéa guetta en elle le premier signe de la conception d'un nouvel enfant et elle descendit aussitôt sur la Terre, où elle mit au monde un fils qu'elle cacha dans une grotte de l'île de Crète; là, une chèvre nommée Amalthée le nourrit de son lait, tandis que Rhéa, soulagée d'avoir tout fait pour sauver son dernier fils, retournait selon son devoir et son destin auprès de son époux Cronos. C'est cet enfant qui, parvenu à l'âge adulte, détrôna son père Cronos et devint ainsi immortel, puisqu'il avait vaincu le temps.

Zeus choisit ensuite pour épouse Héra; elle est, comme Zeus, fille de Cronos, qui eut également t autres fils : Hadès ou Pluton et Poséidon ou Neptune.

Quand les trois fils de Cronos se partagèrent l'héritage de leur père, le ciel échut à Zeus, la mer à Poséidon et le monde souterrain fut confié à Hadès. Ce dernier était las de recevoir les morts que lui envoyait Hermès; il décida de se choisir une épouse. Il devait aller la chercher, car aucune jeune fille n'aurait accepté de devenir reine au pays des morts. Un jour que Coré, la fille de Déméter, était allée aux champs cueillir des fleurs avec ses compagnes elle s'éloigna du groupe et se trouva isolée. Tout à coup, la jeune fille voit grandir et fleurir sous ses yeux un merveilleux narcisse; elle le saisit pour le cueillir, mais sous ses pieds la terre s'entrouvre et laisse sortir du trou un char conduit par Hadès. Il passe près de Coré, la saisit par la taille, l'enlève et l'emporte dans son royaume

31

des Enfers. Au moment où le char s'enfonce dans le sol, Coré pousse un cri si grand que sa mère l'entend du haut de l'Olympe ; elle descend sur Terre à la recherche de sa fille, en criant désespérément son nom. Elle la cherche en l'appelant pendant neuf jours et neuf nuits. Enfin, le Soleil lui apprend que sa fille Coré, enlevée par Hadès, régnera avec celui-ci sur le royaume des morts et s'appellera désormais Perséphone.

Désespérée, Déméter quitte l'Olympe pour vivre sur la Terre et prend l'aspect d'une très pauvre et très vieille femme.

Un jour, près de la ville d'Eleusis, elle pleurait assise sur un bloc de pierre. Un pauvre vieillard et sa fille passèrent. Émus, ils s'arrêtèrent :

— Mère, lui dit la jeune fille, pourquoi pleurez-vous ? Ne restez pas seule, venez avec nous à notre foyer.

Elle insista et Déméter les suivit. Mais c'était un foyer bien malheureux, où un enfant appelé Triptolème était malade et ne cessait de se plaindre. La déesse le prit dans ses bras, le consola et lui fit boire du lait tiède, dans lequel elle avait versé une décoction de graines de pavot. Puis, comme l'enfant s'endormait, elle l'approcha du feu pour le réchauffer et l'enfant rosissait. La mère, effrayée, le lui arrachant des mains dit :

— Mais vous allez le brûler !

La déesse, quittant son aspect de vieille femme, se mit à resplendir et dit :

— Je voulais rendre ton fils immortel ; puisque tu ne veux pas me laisser faire, il guérira simplement, mais restera mortel, comme les autres hommes. Il sera grand et sage et c'est lui qui apprendra aux hommes à cultiver la terre, afin de se nourrir de pain. Il bâtira ici même un temple magnifique, dont il sera le grand prêtre, et les hommes viendront s'initier aux mystères que je lui confierai ; ils sauront alors les secrets qui empêchent de mourir. Et Déméter s'en alla.

Quand le temple fut élevé, Déméter vint y résider.

Comme sa mission était de faire pousser les plantes et mûrir les fruits, et comme au lieu de s'intéresser aux plantes elle continuait de se désespérer, rien ne poussa plus et les hommes n'eurent plus rien pour se nourrir. Ils allaient tous périr de faim quand Zeus s'en aperçut et envoya Iris en messagère près de Déméter pour l'inviter à continuer sa tâche. Déméter refusa. Elle ne le ferait point tant qu'on ne lui aurait pas rendu sa fille.

Zeus envoya alors Hermès auprès de Hadès pour le prier de sauver la race humaine, en rendant Perséphone à sa mère Déméter. Hadès accepta, à condition que sa jeune épouse revienne près de lui. Avant qu'elle ne parte, il lui fit manger des graines de grenade magique.

Dès que Perséphone eut embrassé sa mère Déméter, la Terre se couvrit de fleurs et la joie revint, avec la vie, parmi les hommes. Déméter promit que ces fleurs et ces fruits reviendraient régulièrement si on lui laissait sa fille pendant les deux tiers de l'année, c'est-à-dire huit mois. Ainsi, pendant ces huit mois, Coré demeurerait près de sa mère, sur l'Olympe, et, pendant quatre mois, elle reprendrait son nom de Perséphone et demeurerait près de son époux, où les graines magiques la rappelaient.

Il existe à cette époque une variante selon laquelle Déméter aurait été vue pleurant au bord de la route par les filles de Kéléos, venues puiser de l'eau.

Les jeunes filles lui demandèrent pourquoi elle était là, si triste, et qui elle était. Déméter broda une vie imaginaire et les filles allèrent demander à leur mère la permission de recueillir la pauvre vieille femme.

— Oui, répondit la mère, allez la chercher, nous la garderons à la maison, elle sera notre servante et je la paierai bien.

Elle était toujours très triste et chacun cherchait à la distraire.

La maîtresse de maison persista à vouloir l'égayer et en vint à faire quelques gestes choquants, à soulever ses jupes, et à cet instant Déméter se mit à rire.

Ces détails ne sont pas inutiles, nous allons le voir plus loin, dans l'interprétation de cette mythologie.

Le mythe de Déméter est un des plus importants de la Grèce antique, un des plus profonds et un des plus sages. Il était enseigné lors des initiations secrètes qui se déroulaient à Eleusis, cérémonies au cours desquelles l'impétrant était instruit des grands secrets de la nature, des mythes et des harmonies qui dirigent et organisent l'univers et la vie.

Signification de ces récits mythologiques

Le premier fait qui mérite une interprétation, c'est l'enlèvement de Coré par Hadès. Le dieu des Enfers enleva la jeune fille en sortant de terre monté sur un char tiré par quatre chevaux.

Il y a dans cet enlèvement un affrontement de deux modes de vie très différents : d'une part, la vie pacifique et sédentaire des agriculteurs, où la femme est séduite par l'effort créateur, et, d'autre part, la vie brutale du guerrier, où la femme appartient au vainqueur. Coré, devenue Perséphone, est attachée à Hadès. Zeus ne pourra pas la rendre complètement à Déméter.

La quête de Déméter, qui va et vient, errant dans la campagne en criant le nom de sa fille, a été interprétée comme l'impuissance de certains êtres à recevoir une initiation. Quand on n'a pas trouvé la direction dans laquelle on doit conduire sa recherche, on n'est pas digne d'être instruit. L'adage « Tu ne me chercherais pas si tu ne m'avais déjà trouvé » exprime la même idée. Celui qui ne sait rien ne peut pas être

La Diane d'Ephèse, déesse de la Fécondité (musée de Naples).

initié aux secrets, car il en est trop loin. Il faut qu'il ait conscience d'ignorer quelque chose et qu'il cherche à en être instruit pour mériter l'initiation ou, plus exactement, pour être en mesure de la recevoir. Car l'initiation la plus secrète appliquée à un être parfaitement ignorant reste toujours aussi secrète, puisqu'il ne la comprend pas...

On pourrait ajouter ceci : si on cherche dans de mauvaises directions, c'est également parce qu'on ne veut pas trouver. On peut, en effet, être ignorant, mais si l'on veut absolument être initié, on commence à explorer assez méthodiquement les divers cheminements de la pensée et l'on finit par trouver, sinon les grands secrets, au moins une voie qui manifestement y conduit. On a vu le commencement de la voie. On est donc initiable.

C'est un des traits de la Vierge, vouloir une chose et, en même temps, la craindre, et se tirer du dilemme en faisant le contraire de ce qu'il faudrait faire pour obtenir la chose à la fois crainte et souhaitée.

Les erreurs de Déméter, quand elle cherche en vain sa fille, ont pour conséquence l'arrêt de la végétation et la famine. Cette image symbolise deux sortes de craintes : d'abord la crainte des vierges devant la possibilité d'être mères : la venue d'un enfant va leur faire perdre leur charme féminin. De même que la maturité des fruits et des grains fait perdre toute sa fraîcheur à la plante qui se dessèche et meurt. Ensuite, la crainte des mères aimantes qui espèrent que leur enfant ne les quittera jamais.

Il y a dans ce symbolisme l'expression d'une nécessité universelle : on ne peut à la fois aimer et se reproduire qu'en abandonnant certaines prérogatives, comme par exemple la jeunesse.

Les enfants, à l'âge adulte, quittent forcément le nid maternel. C'est ce que Zeus a voulu exprimer en ne laissant Perséphone à sa mère qu'une partie de l'année. Il y a un certain équilibre à respecter en toute chose. Et comme il existe une harmonie universelle, cet équilibre sera lié au rythme des saisons. Perséphone descendra aux Enfers pendant que la végétation cesse toute activité apparente. Il faut accepter les instincts ténébreux et ne pas se contenter d'une pureté totale, ce qui est une illusion. Le rire de Déméter devant le geste vulgaire et significatif de la femme qui l'a recueillie, c'est la nécessité d'accepter sa propre mentalité comme elle est et de ne pas se faire plus innocent que l'on se sait. C'est aussi l'extériorisation d'un complexe, une libération des contraintes que l'on s'est imposées.

Le sens de ces allégories est maintenant clair et nous pouvons le formuler simplement : l'intelligence, s'exerçant sur un plan pratique, aidée par une énergie bien ordonnée et méthodique, peut conduire à une compréhension supérieure.

Est-ce le caractère du natif de la Vierge ? Il semble que nul n'ait alors à se plaindre de ce signe puisque les plus hauts niveaux initiatiques sont accessibles à ces champions du sens pratique et de la gestion aussi bien, sinon plus, qu'aux natifs des autres signes.

Minerve.
Des clercs et nobles femmes,
de Boccace, XVᵉ siècle.

Chapitre III
Explication astrologique du signe

Les allégories ont une signification plus ou moins profonde, plus ou moins facile à saisir. Les mystères d'Eleusis ont de tout temps intrigué les gens. Mais, comme l'exprime le mythe lui-même, ils n'ont intrigué que ceux qui en soupçonnaient l'existence.

A Eleusis, le temple de Déméter possédait plusieurs étages et certains rites du culte se déroulaient devant toute la population. Aux étages inférieurs, dans les souterrains, on procédait aux initiations, au cours desquelles on enseignait aux impétrants la signification ésotérique du culte de la déesse-mère, la Terre nourricière, avec le rythme des saisons et la nécessité de cette harmonie universelle qui est la mesure de toute chose.

Le plan symbolique expliqué, nous devons maintenant considérer la constellation de la Vierge dans le ciel, le Zodiaque et le signe zodiacal de la Vierge, la situation du signe par rapport aux autres signes, et enfin les planètes et leur influence.

La course des astres

Les astres dont la course nous intéresse pour dresser la carte du ciel de chacun de nous sont ceux du système solaire. Nous en avons donné la liste et les signes hiéroglyphiques qui les représentent dans un précédent volume de cette série, mais la voici rapidement : Soleil, Lune, Mercure, Vénus, Mars, Jupiter, Saturne, Uranus, Neptune et Pluton.

Ces astres paraissent se déplacer dans notre ciel à

La constellation de la Vierge, gravée d'après Léonard Gautier. Le Livre des Zodiaques, XVIIe siècle.

des vitesses différentes, variant en fonction de la distance qui les sépare du Soleil et de notre planète Terre. La Lune fait le tour du Zodiaque en vingt-neuf jours, sa vitesse moyenne est de 13° par jour. Mercure et Vénus, plus lents, effectuent un degré par jour ; Mars, encore plus lent, fait un demi-degré par jour et accomplit sa révolution autour du Zodiaque en deux ans. Ensuite viennent les astres les plus lents en apparence, en fait les plus éloignés. Jupiter, qui fait le tour du Zodiaque en douze ans ; Saturne fait le même parcours en vingt-neuf ans et demi ; Uranus en quatre-vingt-quatre ans, et enfin Neptune en cent soixante-quatre.

Ces indications sont mesurées dans l'absolu, mais lorsqu'on s'intéresse à un individu déterminé, on consulte la carte de son ciel de naissance et, dans ce cas, ce sont d'autres considérations qui entrent en jeu.

La carte du ciel d'un sujet déterminé

Pour déterminer quel est le thème astrologique natal d'un sujet, il faut l'imaginer d'abord sur la Terre, en un point, celui de son lieu de naissance, dont on précise la longitude et la latitude. Ayant déterminé la date et l'heure de cette naissance, on représente, selon un schéma théorique, la carte astrologique du ciel à cet instant, vue de ce point de la Terre.

On appelle la longitude une distance mesurée sur terre d'est en ouest. Comme la terre est ronde, il fallait un point de départ et une commune mesure afin que d'un pays à l'autre règne un accord sur cette détermination. D'où la création de vingt-quatre méridiens, qui sont des cercles passant par les deux pôles et divisant régulièrement le globe terrestre en secteurs, dont on a convenu que le premier, le point zéro, serait celui passant par Greenwich (Grande-Bretagne). Si l'on considère la terre comme une figure géométrique, on constate que les méridiens font entre eux un angle de 15°. Chacun représente une différence d'une heure avec le fuseau voisin.

On appelle latitude une distance mesurée sur la terre en allant de l'équateur au pôle. Pôle Nord pour l'hémisphère boréal, pôle Sud pour l'hémisphère austral. A l'équateur se trouve le point zéro, et à chaque pôle un point 90°.

Quand on exprime la situation d'un point à la surface de la Terre, on indique le nombre des degrés de longitude, en ajoutant « est » ou « ouest » selon que ce point est à l'est ou à l'ouest de Greenwich; on précise la latitude en ajoutant au nombre des degrés l'indication « nord » ou « sud », selon que ce point se trouve au nord ou au sud de l'équateur.

Ces mesures sont reproduites dans le ciel qui, pour plus de commodité, est figuré comme une seconde sphère qui entourerait la surface de la sphère terrestre comme la chair de la pêche entoure son noyau. On considère que le Soleil parcourt la surface de la sphère céleste en un an, en suivant une ligne appelée écliptique. D'autre part, on reporte sur la sphère céleste une projection de l'équateur de la Terre. On constate alors que le plan dans lequel s'inscrit l'écliptique fait avec le plan dans lequel s'inscrit l'équateur un angle de 23° environ. En deux points, ces deux lignes se coupent; ce sont les équinoxes. Quand le Soleil passe par un de ces points, sur la Terre la durée du jour est égale à la durée de la nuit. On a choisi l'équinoxe de printemps comme point de départ de toute mesure sur l'écliptique; ce point s'appelle le point vernal. D'autre part, il existe deux points où les deux lignes écliptique et équateur, sont le plus éloignées l'une de l'autre; on appelle les dates auxquelles le Soleil passe par chacun de ces points les solstices. Il y a un équinoxe de printemps et un équinoxe d'automne. Il y a un solstice d'été et un solstice d'hiver.

Comme il faut un point de départ de toute mesure, un point zéro, on a choisi pour ce départ le point

41

vernal correspondant au 21 mars au commencement du printemps, à l'orée de la période zodiacale du Bélier.

Les planètes dont on observe la course pour tracer la carte du ciel et déterminer le thème astrologique ne se déplacent pas n'importe comment dans le ciel; on a constaté qu'elles ne sortaient pas à l'extérieur d'une bande d'espace haute de 17° et dont l'écliptique constitue la ligne médiane.

On mesure la position des astres sur cette trajectoire par l'indication d'une longitude qui se détermine de la façon suivante. On considère l'écliptique comme circulaire et on le divise en 360°, à partir du point vernal, en tournant en sens inverse des aiguilles d'une montre. Au lieu de compter degré par degré, le long de ce cercle zodiacal, on compte par signe.

En effet, la tradition nous a transmis la division de l'écliptique et du Zodiaque en douze sections de 30° chacune, portant le nom d'une constellation qui, à un moment donné, s'y trouvait enfermée et qui, maintenant, ne correspond plus exactement au secteur, mais existe toujours.

On compte ainsi, à partir du point vernal, 30° pour le Bélier; cela correspond sur le calendrier à une période allant du 21 mars au 20 avril.

De 30° à 60° : le Taureau, du 21 avril au 20 mai.

De 60° à 90° : les Gémeaux, du 21 mai au 21 juin.

De 90° à 120° : le Cancer, du 22 juin au 22 juillet.

De 120° à 150° : le Lion, du 23 juillet au 22 août.

De 150° à 180° : la Vierge, du 23 août au 22 septembre.

De 180° à 210° : la Balance, du 23 septembre au 22 octobre.

De 210° à 240° : le Scorpion, du 23 octobre au 21 novembre.

De 240° à 270° : le Sagittaire, du 22 novembre au 20 décembre.

De 270° à 300° : le Capricorne, du 21 décembre au 19 janvier.

De 300° à 330° : le Verseau, du 20 janvier au 18 février.

De 330° à 360° : les Poissons, du 19 février au 20 mars.

On ne tient pas compte de la latitude, car les écarts en ce sens sont minimes.

La position des planètes par rapport au Zodiaque est donnée par des tables appelées éphémérides, qui sont éditées et vendues dans des librairies spécialisées. Ces tables indiquent pour une date donnée la position des planètes par rapport au zodiaque, d'où l'on peut déterminer leur position par rapport à la naissance du sujet.

On est alors en possession de tous les éléments nécessaires pour tracer sa carte du ciel, son thème astrologique.

D'après ce tracé, on peut préciser quels sont les éléments de chance, quels sont les obstacles et aussi les tendances personnelles, toutes indications que l'on compare entre elles et d'où l'on tire des conclusions représentant le caractère du sujet, sa personnalité, le sens dans lequel il sera poussé par son destin et la manière dont il aura la possibilité d'agir.

Il est bien évident que cette énumération inclut la notion de prévision. Mais peut-on parler de prédiction ? Autrement dit, si l'on peut prévoir certaines choses, peut-on en prédire d'autres ? Les avis sont partagés. Il semble que les astrologues scientifiques, mathématiciens et rationalistes ne puissent que prévoir. Si, en revanche, le spécialiste possède des dons de voyance, ou simplement une intuition poussée à ses extrêmes limites, il pourra faire des prédictions. Certains astrologues font des prédictions remarquables; d'autres affirment : les astres inclinent, mais n'obligent pas... Ce qui veut dire que les astres vous offrent certaines chances, mais ne vous forcent pas à agir dans un sens déterminé.

Comme notre ouvrage est destiné à ceux qui

veulent mieux se connaître sans avoir recours au savoir d'un spécialiste, nous ne donnons que l'interprétation du signe en général, sans tenir compte des précisions telles que le lieu de naissance. En compensation, nous tenons compte de l'ascendant, lequel se détermine d'après l'heure de naissance.

Base de l'interprétation

Dresser soi-même son thème astrologique est une opération amusante, mais qui nécessite un minimum de connaissances et un certain nombre de documents.

Il est une information qui est toujours utile et par laquelle tout astrologue commence son interprétation : c'est une vue générale de la psychologie du sujet que déterminent son signe de naissance ou signe solaire, son ascendant, les astres dont la position dans le ciel de la naissance était influente.

Nous verrons plus loin comment vous pouvez déterminer votre signe ascendant. Essayons simplement, maintenant, de déterminer quelle est la planète sous l'influence de laquelle vous vous trouvez et qui participe à la détermination de votre type astral.

Si vous consultez les éphémérides et si vous parvenez à déterminer, dans votre thème astrologique, quelles sont les planètes les plus influentes, vous connaîtrez votre type planétaire, qui est susceptible d'accentuer votre signe zodiacal, s'il lui ressemble et s'en rapproche ; ou de l'atténuer et de le nuancer.

L'usage, la tradition, les statistiques ont permis de déterminer l'influence de chaque planète, lorsqu'elle domine dans le thème du sujet.

En outre, chaque signe du Zodiaque est en affinité particulière avec une ou plusieurs planètes et, connaissant votre signe de naissance, vous connaîtrez quelles sont ces planètes.

La vierge est de la nature de Mercure. Le « Mercu-

Mercure. Gravure d'après Le Pérugin, XVIe siècle.

rien » vit en résonance avec tout ce qui a trait à la jeunesse. Il vit son adolescence pendant la plus grande partie de son existence. Non qu'il reste infantile, mais il ne vieillit réellement pas psychiquement. De la jeunesse, il garde les traits essentiels. Sa maturité est pleine d'allant.

La jeunesse, c'est l'éveil de l'esprit et des principales facultés; on commence à s'affiner; on acquiert du discernement; on possède un bon jugement; c'est, par excellence, le temps des acquisitions intellectuelles et des travaux de l'intelligence. L'adolescence est une période de passage, de transition, dans laquelle s'attarde le tempérament mercurien.

L'être, le moi profond, abandonne l'instinct auquel, au cours de l'enfance, il se confiait.

Il développe un esprit critique qui s'exerce d'abord sur l'entourage immédiat.

Le Mercurien est un être sensible. Il possède toute la pudeur de la première adolescence et ne songe pas à traduire immédiatement ses sentiments. Il rejette l'idée de faire des confidences. Aussi s'est-il armé d'une défense fort efficace contre les incursions des tiers dans son domaine affectif. Un Mercurien n'aime pas se confier et, si on l'y force, il réagit pour faire cesser cette investigation. Mais il n'est ni belliqueux, ni agressif. Comment peut-il donc se défendre ? Grâce à son humour. Il masque ce qu'il ne veut pas confier sous un air ironique et gai, il se moque de lui-même.

Par ailleurs, comme tout être très jeune, le Mercurien n'est pas installé dans la vie : il ne possède pas des racines profondes ou il ne les obtient que très tard. Cela le rend psychiquement excessivement mobile. Il est vif, alerte, léger, fin, adroit, ingénieux, avec des goûts changeants et peu de constance. C'est un bricoleur, un touche-à-tout, un individu spirituel et joyeux. Ce moi profond qu'il refuse de livrer n'est d'ailleurs ni triste, ni dramatique, ni complexe. C'est une question de pudeur, tout simplement.

Sa principale qualité pratique, qui puisse faciliter son existence matérielle, est une très grande adaptabilité ; changeant, il s'adapte aux changements ; il est assez habile pour se mettre dans une ambiance différente à chacune de ses transformations. Quelle que soit sa situation présente, il se sent toujours disponible. Il est souple, il a l'esprit vif, il comprend rapidement, et enfin il sait très bien se servir de ses dons pour assimiler tout de suite les informations nouvelles dans n'importe quelle situation.

Sa disponibilité, si elle est portée à son maximum, risque de devenir un défaut. Le Mercurien peut, dans un sens négatif, souffrir d'instabilité, d'inconstance, de dispersion ; il risque de ne voir les choses que superficiellement. La vitesse de ses réparties peut lui donner le goût des jeux de l'esprit et une perpétuelle excitation mentale conduisant à une jonglerie des mots et des idées sans suite et sans utilité.

Le Mercurien a le sens des contacts humains ; il sait admirablement entrer en conversation avec tout le monde, réunir des gens et les faire se mieux connaître ; il a besoin de variété, de mouvement, d'échanges intellectuels. Tout cela dans une note vive, peu profonde, et toujours en évitant de livrer quoi que ce soit de très personnel.

La rapidité de l'esprit et des associations d'idées apporte un don certain pour les pastiches, les sketches, les parodies, les caricatures légères, drôles et pas trop méchantes : le Mercurien n'est pas incisif, il n'a rien d'aigu ni d'agressif.

Les douze Maisons de la vie terrestre

Le natif du signe de la Vierge est sous l'influence essentielle de Mercure, mais si, dans chaque acte de la vie, il agit en fonction de cette planète, il ne subit pas uniquement cette seule influence. D'autre part, les circonstances de la vie sont multiples et, pour en faire l'exploration, on doit y mettre un peu de méthode.

Pour passer en revue toutes les phases de l'existence et toutes les circonstances de la vie, la tradition nous a transmis le mythe des Maisons.

Les Maisons sont des secteurs de la vie. On les représente comme des secteurs de cette sphère qu'est la Terre. Elles sont au nombre de douze et désignées uniquement par un numéro d'ordre que la tradition veut qu'on décrive en chiffres romains. Chaque Maison concerne un secteur de la vie ; en voici la liste :

Maison I : La personnalité profonde du sujet.

Maison II : Ce que possède, ce qu'acquiert le sujet, en biens matériels.

Maison III : Les rapports avec l'entourage immédiat : famille, parents, amis.

Maison IV : Le milieu dans lequel il vit : maison, région.

Maison V : L'univers créatif : l'amour, les enfants, mais aussi les loisirs et les jeux.

Maison VI : Les servitudes : le travail, les devoirs, les charges et les obligations.

Maison VII : Les autres : amis, conjoint, associés, mais aussi les adversaires.

Maison VIII : Les grandes crises : maladies, mort, et les changements de situation : héritages.

Maison IX : L'univers lointain : les éléments supérieurs de l'esprit, mais aussi les pays lointains.

Maison X : La place dans la société : carrière, situation.

Maison XI : Le milieu affectif : les parents que l'on aime, les amis, les protecteurs.

Maison XII : Les grandes épreuves : maladie, captivité, embûches.

Le signe zodiacal de la Vierge étant le sixième signe du Zodiaque, il est, en principe, dominé par la Maison VI : les servitudes, avec le travail, les devoirs, les charges, les obligations. Une grande proportion des caractéristiques des natifs de ce signe est effectivement influencée par le contenu de la Maison VI. Les Maisons sont en effet comme un Zodiaque que la Terre refléterait, la réplique de celui qui serait dans le ciel. Le Zodiaque est objectif; le contenu des Maisons est subjectif.

La Terre en tournant sur elle-même présente tour à tour chacune des douze Maisons à toutes les planètes. Il est donc important de savoir où se trouvaient les planètes les plus influentes par rapport aux douze Maisons, dans le ciel natal du sujet. Dès que l'on a déterminé l'heure réelle de la naissance du sujet, on consulte des tables des Maisons calculées à l'avance et vendues dans le commerce, où l'on trouve, au jour et à l'heure de la naissance, la position des Maisons. On sait donc dans quelles Maisons se trouvaient respectivement les planètes présentes.

Le sujet possédera psychologiquement, et parfois physiquement, des caractères particuliers déterminés par son signe zodiacal de naissance, son signe ascendant, dont nous parlerons plus loin, et sa planète dominante. Mais il y a des variantes.

Le natif du signe zodiacal de la Vierge est un Mercurien. Mais il n'est pas mercurien dans toutes les phases de la vie ou dans tous les secteurs de sa journée. La position des planètes par rapport aux Maisons indiquera quand le sujet est solarien par la Maison où se trouvait le Soleil au moment de la naissance; vénusien par la Maison où se trouvait Vénus, toujours à l'instant de la naissance; et ainsi de suite pour toutes les planètes. Pour les plus influentes, voyons quel changement elles apportent dans chaque Maison.

Le Soleil

En Maison I, le Soleil exalte le sentiment du moi; il

49

accentue le besoin de s'affirmer, de se former le caractère; mais il peut provoquer un certain égocentrisme nuisible. S'il est dans une position favorable en Maison II, le Soleil favorise à la fois le développement des besoins matériels et celui des ressources permettant de les satisfaire. On gagne de l'argent et on dépense davantage. En Maison III, le Soleil facilite les contacts humains, les échanges, les conversations. En Maison IV, le Soleil souligne l'importance de la famille, dont on peut avoir à se servir pour progresser sur le plan professionnel ou social. En V, le sujet centre sa vie sur les distractions et les loisirs, ou bien sur ses propres enfants. Si le Soleil est en Maison VI, le sujet saura assumer ses tâches avec aisance et sans le regretter, il sera heureux de travailler. Si le Soleil est en Maison VII, sa situation peut évoluer favorablement, soit par mariage, soit en gagnant un procès, soit par la conclusion d'une association. S'il est en Maison VIII, celle des épreuves, le Soleil annonce que l'on en sortira grandi. S'il est en Maison IX, le sujet ira vers son accomplissement par le moyen d'une passion spirituelle ou d'un voyage au loin, tandis que le Soleil en Maison X signifie que l'épanouissement de la personnalité se fera par la vocation ou la carrière. Le Soleil en Maison XI indique que, parmi ses amis, le sujet sera une personnalité importante; enfin, en Maison XII, le Soleil permettra au sujet, qui subira ses épreuves comme nous tous, de s'en tirer avec sa propre personnalité grandie, sublimée. Mais dans tous les cas et dans toutes les Maisons, si le Soleil est « mal aspecté », en « dissonance », l'effet sera amoindri, annulé ou inversé, selon les cas.

La Lune

La Lune rapproche le sujet de son enfance. Elle est la planète de l'émotivité, elle agit sur le plan affectif.

En Maison I, elle développe les éléments subjectifs de la personnalité et peut pousser au narcissisme. En Maison II, elle est facteur de chance, et cette dernière sera favorable ou non selon que la Lune sera « bien » ou « mal » aspectée. En Maison III, la Lune indique les sentiments vis-à-vis des parents proches, surtout frères et sœurs; positive, elle favorise l'expression de la personnalité; défavorable, elle peut créer un sentiment d'infériorité. En Maison IV, la Lune accentue le désir de fonder un foyer, d'avoir des enfants. Mais, si elle est en dissonance, elle peut inciter à une vie errante. En Maison V, elle développe les sentiments affectueux; en Maison VI, elle développe l'amour des animaux; en Maison VII, si elle est bien aspectée, la Lune favorise les qualités spécifiquement féminines chez les femmes. Pour l'homme, elle favorise une union conjugale heureuse. En Maison VIII, elle est sensible, surtout en dissonance, car elle rend plus pénible la perte des être chers. En Maison IX, la Lune peut favoriser les voyages; elle peut aussi libérer l'affectivité et influencer subjectivement le choix des opinions. En Maison X, la Lune rend instable la situation sociale. En Maison XI, elle facilite les liens de l'amitié. En Maison XII, l'affectivité du sujet va dominer la destinée.

Mercure

Il est toujours question, avec Mercure, de communication et de voyages.

Mercure dans la Maison I tend à accentuer le côté cérébral de la personnalité. En Maison II, Mercure bien aspecté favorise l'intelligence des affaires. Mal aspecté, il apporte l'instabilité dans les affaires. En Maison III, Mercure apporte la facilité de s'exprimer, ou bien le goût des voyages. En Maison IV, il favorise la compréhension dans le milieu ambiant. En Maison

V, le goût des jeux se trouve favorisé; en Maison VI le travail domestique, le bricolage; en Maison VII, Mercure favorise un mariage jeune, ou bien de bonnes collaborations. En Maison VIII, Mercure est facteur de spéculation, de transactions et d'échanges. En Maison IX, la planète incline à des variations dans les opinions ou les idées; en Maison X, elle pousse à une profession itinérante ou à une situation changeante. En Maison XI, elle favorise l'importance des amitiés; en Maison XII, Mercure met en garde contre les problèmes d'intérêts provoqués par des intrigues.

Vénus

La planète Vénus apporte du plaisir, de l'agrément là où elle se trouve. En dissonance, elle offre les mêmes agréments, mais retardés ou atténués. En Maison I, Vénus favorise le sentiment du goût de vivre, un attachement aux éléments affectifs de la vie. En Maison II, la planète crée un lien entre l'affectivité et l'argent. En Maison III, elle transforme l'amour en un lien fraternel; en Maison IV, le sujet s'attache sentimentalement à son foyer. En Maison V, on apprécie tous les agréments de la vie; en Maison VI, des liens affectifs sont créés avec le milieu du travail. En Maison VII, Vénus favorise la rencontre de l'être que l'on aimera, ou améliorera les rapports du couple. En Maison VIII, elle accentue une sensibilité affective dans les deuils; en Maison IX, elle favorise un lien amoureux entre le sujet et un pays lointain (par exemple, on rencontre l'amour au cours d'un voyage) ou bien un lien entre le cœur et la vie spirituelle. En Maison X, Vénus se signale dans les activités professionnelles : on y rencontre l'amour, ou bien ce sont des professions en relation avec le goût, le charme, la sympathie. En Maison XI, Vénus choisit un lien étroit entre l'amour et l'amitié. En Maison XII, le destin associe l'amour aux épreuves; par exemple, on rencontrera l'amour au cours d'une grande épreuve.

Mars

La planète Mars développe des tendances agressives, des affrontements, des luttes et, selon l'aspect bon ou mauvais, le résultat en sera favorable ou défavorable.

Mars, dans la Maison I, suscite une prise de conscience de l'être par une manifestation active. En Maison II, Mars porte la lutte sur le terrain des finances; en Maison III, la planète agressive influe sur les relations avec les proches : dispute entre frères, par exemple. En Maison IV, Mars suscite des luttes dans le milieu familial, ou peut-être une lutte pour obtenir un logement. En Maison V, Mars cherche la bagarre sur le terrain des distractions : le sujet est tenté d'explorer certaines passions ou simplement de fumer ou de boire. En Maison VI, Mars incite à considérer le domaine du travail comme un terrain de luttes. En Maison VII, le sens belliqueux se porte au sein d'une association ou du couple conjugal. En Maison VIII, Mars, mal aspecté, peut provoquer une intervention chirurgicale ou un conflit financier. En Maison IX, Mars conduit à militer pour un idéal ou, en tous les cas, à une lutte concernant les conceptions personnelles ou la foi. En Maison X, le sujet choisira une voie caractérisée par son agressivité : carrière militaire, ou lutte ardente pour la réussite. En Maison XI, des excès en amitié pourraient conduire à un affrontement. En Maison XII, Mars pousse le sujet à considérer la vie comme une perpétuelle lutte.

Jupiter

La présence de Jupiter favorise l'épanouissement

du sujet. Dans ce secteur, il trouvera le chemin de la réussite et réalisera pleinement sa vie.

Lorsque Jupiter est en Maison I, il favorise le développement d'un sentiment personnel, surtout dans une ambiance de bonne considération. En Maison II, il favorise les gains, et plus encore l'adaptation de la personnalité aux gains qu'elle réalise. En Maison III, Jupiter favorise les études et les relations intellectuelles. En Maison IV, ce qui est relatif à la famille, au foyer, aux immeubles, ou bien à une carrière s'y rapportant. En Maison V, la planète apporte des possibilités d'épanouissement personnel à travers les enfants. En Maison VI, cet épanouissement se réalisera dans le cadre du travail professionnel. En Maison VII, Jupiter indique que la carte maîtresse est dans une association. En Maison VIII, héritage ou association apporteront, sous son influence, le règlement définitif d'une situation. En Maison IX, le sujet réussit par lui-même, soit en faisant de longs voyages, soit par une activité spirituelle intense. En Maison X, Jupiter favorise autorité, prestige, ascension professionnelle. En Maison XI, les relations personnelles sont d'un rang élevé, favorables ou onéreuses. Avec Jupiter en Maison XII, enfin, le sujet réussit par sa propre force, domine son destin et voit ses ambitions satisfaites.

Saturne

L'influence de la planète Saturne crée l'isolement, le dépouillement, la concentration. C'est pour cela que cette planète est dite avoir une influence inhibitrice. Il peut en résulter un pessimisme, suivi d'échec ; ou, au contraire, une force morale, une grandeur spirituelle conduisant à l'achèvement de la personnalité.

En Maison I, Saturne développe la vie intérieure du sujet. En Maison II, la planète agit surtout quand elle est en dissonance et apporte un sentiment d'insécurité. En Maison III, elle incite à l'isolement studieux. En Maison IV, Saturne crée ou suscite une situation familiale dépouillée, inexistante ou un isolement réel : orphelin, par exemple. En Maison V, l'influence de Saturne porte sur les sentiments paternels ou maternels. En Maison VI, il y a un travail trop envahissant et dépourvu de méthode, ou bien un dégoût des tâches habituelles. En Maison VII, la planète crée une incompréhension au sein d'un couple ou d'une association. En Maison VIII, elle accentue dramatiquement le retentissement des épreuves et des deuils. En Maison IX, l'influence saturnienne peut conduire au fanatisme, ou bien la vie intérieure peut déboucher sur une grande sagesse. En Maison XI, Saturne agit sur les amitiés et, selon les cas et ses aspects, peut en faire des facteurs de libération ou de complication. En Maison XII, cette présence peut provoquer des soubresauts de la destinée.

Neptune

La planète Neptune tend à dissoudre l'individualité dans la collectivité. Le sujet sent sa personnalité moins dense, moins nettement délimitée, et il tend à s'intégrer tel qu'il est à la société, sans se protéger des autres. Il se fond dans un tout humain, qui peut le conduire à des élans supérieurs ou à sa propre désintégration interne.

Neptune dans la Maison I, c'est le moi ressenti par les couches subconscientes de l'être. En Maison II, c'est l'apport des chances de fortune par des moyens inhabituels et généralement peu fructueux. En Maison III, Neptune rend le sujet sensible aux influences obscures de l'entourage. En Maison IV, on risque de se laisser engluer dans une situation familiale anormale, trouble ou bohème. En Maison V, la planète favorise des amours aux couleurs romanesques. En Maison VI, elle soumet le sujet aux influences de la vie quotidienne professionnelle ou familiale. En Maison VII, elle influe sur le couple conjugal ou l'association, en apportant une nuance fluctuante. Neptune; s'il est dans la maison VIII, peut inciter le sujet à une affectivité extrême pouvant aller jusqu'au mysticisme. En Maison IX, il pousse à adhérer à des idéaux nébuleux et mal définis. En Maison X, la réussite peut venir de l'adhésion active à un mouvement collectif. En Maison XI, on est plus sensible à la camaraderie qu'à l'amitié. Avec Neptune en Maison XII, le sujet peut être victime d'hostilités non définies, nées d'une collectivité.

Pluton

La planète Pluton est liée à la nature primitive, sauvage, de l'être. Selon ses aspects, cette influence peut apporter le pouvoir créateur ou, au contraire, un climat de crise conduisant à la destruction.

En Maison I, c'est le signe d'un ébranlement intérieur. Pluton en Maison II favorise les chances, s'il est bien aspecté, de réussite matérielle. En Maison III, Pluton crée des dispositions d'esprit critiques, propres à brouiller le sujet avec son entourage. En Maison IV, la présence de cette planète suscite des orages dans le milieu familial et même au foyer. En Maison V, elle conduit au refus de l'enfant. Le foyer restera vide. En Maison VI, Pluton peut apporter une mauvaise santé. En Maison VII, la planète occasionne des risques de crises conjugales. En Maison VIII, elle entraîne des transformations, crises de santé, opérations ou simplement une angoisse du sujet. En Maison IX, Pluton affine les passions, les opinions intellectuelles ou spirituelles. En Maison X, la planète favorise la création, la vocation, l'ambition. En Maison XI, elle incite à des amitiés étranges qui peuvent devenir morbides ou vicieuses. En Maison XII, en cas de dissonances, Pluton fait naître des dangers occultes.

Il est bien évident que ces interprétations sont de simples indications. Elles doivent s'insérer dans le cadre particulier à chaque sujet et à son thème astrologique. Elles sont données ici pour éclairer le lecteur sur l'influence des planètes. Répétons qu'il est délicat de chercher à dresser soi-même son thème astrologique, car la moindre erreur de calcul ou de tracé peut conduire à une vision complètement déformée de son destin.

Position astrologique de la Vierge

Le signe de la Vierge est gouverné par Mercure.

Mercure apporte un élément intellectuel aux activités des natifs de la Vierge. Il facilite un goût marqué des diversifications, des classements, des mises en ordre, de la recherche des explications de toutes choses, et la tendance générale à considérer chaque partie d'une chose plutôt que son ensemble.

Cette planète tend vers une intellectualisation des sentiments. Les éléments affectifs de la personnalité se soumettent aux règles d'une logique intellectuelle; la spontanéité disparaît au profit du raisonnement.

Voyons enfin l'influence des planètes sur le natif du signe :

Le Soleil et l'ascendant soulignent le signe à l'état pur.

La Lune tend à éveiller les forces affectives, mais le caractère général du natif de ce signe s'y prête mal; la Lune est donc mal à l'aise et apporte un sentiment d'insécurité qui n'est pas toujours justifié.

Mercure accentue toutes les dispositions intellectuelles et intellectualise les autres possibilités.

Vénus a peu d'influence car le natif de la Vierge n'est pas un affectif; la planète apporte cependant un goût pour l'esthétique, qui est contrôlé par l'intelligence, comme l'amour lui-même.

Mars en Vierge apporterait un élément agressif, mais cette force est refoulée, ce qui peut conduire à l'autodestruction.

Jupiter est très à son aise dans le signe de la Vierge, car il exalte les valeurs domestiques, le goût de l'ordre et des classifications.

Saturne agit en toute liberté, la Vierge étant déjà tentée de refouler ses instincts et refusant le versant animal de son être.

Uranus apporte dans ce signe la discipline, la rigueur.

Neptune est tellement opposé à tout ce qui caractérise ce signe que sa présence ne peut apporter que trouble et désordre.

Ainsi peut-on définir succinctement l'influence des planètes sur les natifs du signe lorsque, dans leur ciel de naissance, elles se trouvent dans des positions réciproques influentes.

Page suivante : La Grande Odalisque *(détail) par Ingres, natif de la Vierge, 1814 (musée du Louvre).*

Le chemin qui mène à la Vierge, perdue parmi les fleurs, n'est pas toujours facile à suivre.

Deuxième partie

xij	d	Arnulphi epi
i	e	
	f	
ix	g	Magni mris.
	A	
xvij	b	
vi.	c	Thimothei Apli
	d	
xiiij	e	Bartholomei apli.
iij	f	
	g	
xi	A	
	b	Augustini epi.
xix	c	Decollatio iohis.
viij	d	
	e	paulini epi.

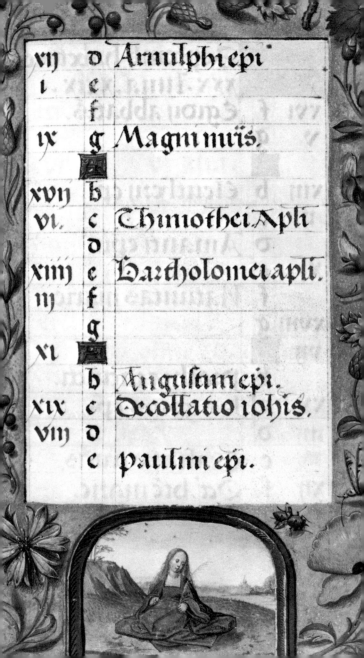

Chapitre I

Portrait des natifs de la Vierge

Nous avons, jusqu'à présent, parlé des natifs de la Vierge en considérant les seuls points de vue symbolique, mythologique et, enfin, astrologique. Ces différentes études nous ont permis de commencer à imaginer ce qu'est le profil psychologique des natifs de ce signe singulier qui conduit à des réalisations précises et concrètes et qui possède une très sensible originalité.

Nous allons maintenant passer du général au particulier, en essayant de tracer, à l'aide des statistiques, des différentes études et des observations que nous avons pu faire, le portrait des natifs de ce signe. Il ne serait ni possible ni souhaitable que ce portrait corresponde exactement et dans tous ses détails à tous les natifs de la Vierge que notre lecteur connaît personnellement. Le prétendre serait d'une folle ambition et personne ne saurait y parvenir. Ce portrait sera le tracé des lignes dominantes de leur psychologie et de leur morphologie. On s'apercevra très vite de son exactitude. De grandes différences vont pourtant se manifester entre ce que vous allez lire et ce que vous pourrez observer directement sur vos amis.

La première cause réside dans le fait qu'on ne se connaît pas bien soi-même et qu'on ne connaît pas bien, non plus, ses amis. Déchiffrer exactement la psychologie de quelqu'un n'est pas une chose facile. Il faut savoir le faire et, si on ne sait pas, on croit souvent savoir et c'est ainsi qu'on commet des erreurs.

D'autre part, ne vous fiez pas trop aux déclarations

Le mois d'août. Heures de La Tour, *XVIe siècle (musée Condé, Chantilly).*

des intéressés. Vous savez très bien que, si on vous présente inopinément un miroir, alors que vous ne vous y attendez pas, vous vous étonnez intérieurement en vous voyant et, instinctivement, vous « arrangez » vos traits pour qu'ils vous plaisent, ou pour le moins, qu'ils correspondent à ce que vous pensez de vous ! Si on vous photographie sans vous le dire, vous ne vous plaisez pas : « Ce n'est pas moi ! Je ne suis pas comme ça ! » Si on enregistre indiscrètement votre voix au cours d'une conversation, vous ne la reconnaissez pas !

Pourquoi, alors, voulez-vous prétendre connaître votre propre psychologie ?

Le portrait que l'on fait des natifs d'un signe est un portrait type, une ligne commune à tous les natifs. Donc, pour chaque sujet, on peut trouver des différences entre ce portrait et la réalité. Il faut apprendre à connaître ces écarts.

Il y a deux explications à ces différences.

D'abord, tous les types de natifs de la Vierge ne sont pas des types « purs ». Il faudrait pour cela qu'ils soient nés alors qu'aucun autre signe que celui de la Vierge ne soit en ascendant au moment de leur naissance. La présence de cet ascendant crée ce que j'appellerai tout à l'heure les types mixtes.

Ensuite, même dans un type « pur », c'est-à-dire ayant donc son signe solaire en ascendant, on observe des variations dues à la position des planètes influentes. C'est ce que nous avons exposé au précédent chapitre.

Enfin, il y a une troisième explication : l'éducation, les conditions de vie, le milieu, le pays même d'origine de la famille apportent chez chacun de nous des caractères propres qui nous différencient.

Les éléments constituant le portrait des natifs de la Vierge ne seront donc exposés ici que comme une base commune de connaissance, et non comme une définition complète, exacte et irréfutable de la personnalité des natifs de ce signe que vous serez appelé à connaître.

Mais il est temps de tracer ce portrait. Beaucoup d'auteurs l'ont fait, nous allons tenter d'entrer plus avant dans les détails, tout en restant dans le domaine de la vraisemblance.

Traits généraux des Vierge

Que le lecteur ne se trompe pas sur la source et sur la nature des réserves que je viens de formuler. En fait, je sais que ce portrait est très près de la vérité, pourvu que le « natif » veuille bien s'accepter tel qu'il est et non se réinventer !

On dit souvent que les natifs du signe zodiacal de la Vierge se caractérisent par une raison froide et sans passion, le sens de l'équité et un instinct très sûr pour distinguer ce qui est honnête de ce qui ne l'est pas.

Certains auteurs voient chez eux un goût marqué pour la religion, d'autres n'y font aucune allusion.

La caractéristique de base de ce type, d'où découlent tous les autres traits psychologiques et même physiques, est sa classification, parmi les huit grands types d'organismes, dans le groupe des nerveux.

Que le natif de la Vierge soit nerveux, cela se voit tout de suite, dans son aspect physique, ses gestes, ses attitudes, sa façon de parler.

Parfois, il refuse de le reconnaître; il cite des cas où il a remarquablement conservé son calme; mais il ne dit pas que, cette attitude flegmatique, il l'obtient au prix de quelques malaises obscurs avec lesquels il ne voit peut-être sincèrement aucune relation.

Que signifie, au juste, l'expression « être nerveux » ? Nous sommes tous semblablement bâtis physiologiquement et il est bien évident que nous sommes tous en un certain sens « nerveux », puisque nous possédons tous un plexus solaire qui précipite ou ralentit thme de notre cœur et de notre respiration sous l'impulsion de réactions morales, affectives, parfois passionnelles, rarement physiologiques.

Le tempérament nerveux dispose d'une énergie particulière qui se dépense brusquement et d'un seul coup, au lieu de se répartir sur un effort de longue durée et d'intensité moyenne. Le « nerveux » pourra accomplir éventuellement un effort physique remarquable, réaliser une dépense musculaire impressionnante, mais ne prolongera pas cet exploit.

On le reconnaît à la vivacité de ses mouvements, à la mobilité de ses traits, à la rapidité de son langage. Si, par suite de règles d'éducation, il résiste à ces tendances, le « nerveux » ne sera jamais placide; il pourra seulement être volontairement flegmatique, mais toujours tendu.

On remarque habituellement chez les natifs de ce signe un affaiblissement des fonctions à caractère animal : fonctions de l'appareil digestif, fonctions de l'appareil respiratoire, fonctions de l'appareil circulatoire.

Ce qui est bien développé, chez les Vierge, c'est la personnalité psychique et mentale. Il va de soi que l'élément psychique et mental de chacun de nous dépend dans une certaine mesure du niveau de notre culture intellectuelle, de notre entourage et de nos échanges.

Pourtant, à culture équivalente, un choix se fait impulsivement, comme par instinct. Certains êtres se passionnent pour des études relatives à la psychologie, à la parapsychologie, à la philosophie, à la morale ou à la religion, tandis que d'autres n'y voient qu'occupations en marge, problèmes sans portée pratique, éléments d'information, sans plus.

Il se trouve que les natifs de la Vierge sont particulièrement doués pour cette sorte d'activité. L'élément intellectuel les attire souvent à côté d'un esprit pratique et réaliste, ce qui forme un ensemble d'une étonnante richesse.

Le natif de ce signe, même s'il ne possède pas une culture de base fondamentalement axée sur la psychologie, va s'intéresser à cette science comme si, parallèlement à une tendance qu'il a d'engranger des produits alimentaires, il voulait aménager et garnir avec le même soin ce grenier abstrait qu'on ne sait où situer et qui renferme la mémoire, le raisonnement, l'information. C'est l'effet, semble-t-il, de la présence de Mercure comme planète dominante dans ce signe.

Un natif de la Vierge se signale, même aux personnes qui le connaissent à peine, par sa difficulté à s'adapter au monde extérieur et à s'intégrer à la vie ambiante. C'est un être qui semble ne pas appartenir au monde dans lequel vous le rencontrez, et s'y être justement égaré sans l'avoir fait exprès. Vous vous attendez à ce qu'il vous prie de l'aider à en sortir. Mais il n'en est rien.

Cette attitude provient, très illogiquement, d'un trop grand amour du changement. Il ne s'installe pas; il semble toujours sur le point de repartir. Ce n'est pas, en esprit, un sédentaire, bien que, souvent, il le soit en fait à cause de l'importance qu'ont pour lui les faits concrets, les conditions matérielles de la vie.

Ses réactions profondes, il ne les livre pas, et moins encore s'il est très marqué par le signe de la Vierge. Au contraire; il va jouer le jeu et en « remettre », comme on dit parfois dans le monde du théâtre. Le Vierge ne se sent pas à son aise dans notre société, dans aucune autre non plus d'ailleurs, mais il ne l'avouera pour rien au monde et traduira son embarras par des mots d'esprit, des audaces qui, pour le psychologue averti, sont simplement des réactions de timide, mais, pour l'astrologue, des réactions de Mercurien !

Le natif de la Vierge n'est jamais calme et serein parce qu'il se pose des questions auxquelles il ne peut trouver de réponse. Sachant qu'il s'adapte difficilement, il considère tous les problèmes de sa vie comme

destinés à souligner ce qui, chez lui, résiste et manque d'audace, de malice, de « débrouillardise ». Il ne songe pas un instant que les autres ont aussi des problèmes...

Il s'effraie et, pour le cacher, fait parfois preuve d'une susceptibilité épineuse; il pense donner ainsi le change.

Le natif de la Vierge est un être qui se sait complexe et qui passe beaucoup trop de temps à se scruter lui-même. Cette introspection pourrait lui rendre d'immenses services, mais, par définition, il erre dans l'interprétation de ce qu'il observe en lui. Si bien que, au lieu de rectifier ce qui ne lui convient pas, il ne le voit pas et l'attribue à son destin.

Ce n'est pas, et de loin, une créature simple et facile à comprendre.

Haine de l'animalité

J'ai connu un natif de la Vierge qui me disait : « Comme vous êtes matérielle, comme vous êtes enfoncée dans la terre lourde et dans les instincts animaux ! »

Je ne savais pas encore que chacun ne voit le monde qu'à travers sa propre personnalité, et mon Vierge ne s'apercevait pas qu'il disait cela à un Poisson, type zodiacal très éloigné justement de la Terre, puisqu'il s'intègre à l'Univers tout entier, et à un univers d'eaux et de nuages plus que de terres !

On croirait volontiers, à écouter un natif de la Vierge, qu'il n'a aucun bas instinct. Il n'aurait pas de gourmandise, il n'aimerait ni fumer, ni boire, et pour ce qui est de la vie sexuelle, elle serait uniquement réservée aux chattes qui miaulent en mars et aux chiennes en chaleur errant sur les trottoirs !

On croirait volontiers qu'il vit comme un « pur esprit ». Mais il en est qui, tout en donnant cette

Les licornes, symboles de chasteté. Détail d'une tapisserie du XVIe siècle.

impression, détestent qu'on le leur fasse sentir. Ils protestent alors, alléguant que ce n'est pas parce qu'on a des sens qu'on doit en parler constamment.

Cet apparent éloignement des servitudes animales est accentué par le soin que le natif de la Vierge prend de sa personne et de son aspect. La méticulosité est sa marque, son style, son royaume. Il est exceptionnel qu'on le voie négligé, mal coiffé, les ongles pas nets et une tache sur ses vêtements. Il semble ne pas toucher aux choses matérielles.

Son corps, sa ligne, minces, déliés, complètent son allure.

Cependant, le natif de la Vierge vit comme les autres, en contact direct avec la matière, et les plaisirs des sens ne lui sont point étrangers. Il aime boire, bien manger et ses besoins sexuels sont également parlants.

En fait, un natif de la Vierge agit à peu près comme tout le monde, mais tout se passe en nuances.

C'est en général un être qui voit clair. Sa logique lui montre les autres sous un jour net et limpide, et sous un éclairage tel qu'ils ont bien du mal à cacher le fond de leur pensée. C'est ainsi qu'en affaires un natif de la Vierge trouvera toujours rapidement le moyen de se passer d'intermédiaire s'il estime cela préférable pour lui. Il sait quel circuit a suivi le produit dont il s'occupe et repère immédiatement les méandres inutiles, les intermédiaires parasites.

En nous plaçant sur un plan plus élevé, nous pouvons remarquer que le natif de la Vierge prévoit les dangers qui se cachent derrière les instincts les plus normaux et refuse d'en courir les risques. Il sait le prix de la vie et il pèse toutes ses décisions avant de se lancer à l'aventure. En fait, il arrive souvent qu'une telle personne renonce à beaucoup de choses uniquement parce que l'aventure ne valait pas les risques qu'elle pouvait faire courir.

Pour un natif de la Vierge, l'appel de la vie, c'est

seulement une tentation désordonnée qui peut lui apporter des ennuis. Sa paix serait menacée et c'est ce qu'il veut à tout prix éviter. C'est pourquoi il traite d'animalité les appels de l'amour et les sollicitations que la vie nous adresse.

Cette crainte vient d'un refus instinctif des responsabilités et non d'une grande pudeur, comme tendrait à le laisser croire son attitude.

Il est donc d'usage de reprocher aux natifs de la Vierge un manque de spontanéité. On dit qu'ils manquent d'élan, d'entrain, de bonne volonté et qu'ils compliquent leur propre vie et celle des autres avec leur manie d'examiner et analyser tous les projets. Ils sont aussi sensibles que n'importe qui, une honnête moyenne, en somme, mais ils affectent de la froideur, de la réserve, un style flegmatique par crainte de voir leurs sentiments faire naître quelque écho qui pourrait les engager.

Une conscience qui juge et interdit

Un natif de la Vierge réfléchit toujours avant d'agir et encore plus avant de parler. Il sait à quoi engagent les actes et où entraînent les paroles.

Ce barrage qu'il oppose aux mouvements spontanés, il l'oppose par principe à tout ce qu'il pense être l'œuvre de son instinct. Il est en position défensive permanente face à ses instincts, même les plus sages.

Il préfère s'appuyer sur son jugement. Sa raison, sa logique sont des éléments auxquels il accorde sa confiance. Pour lui, ce qui est bien, c'est ce qui est le résultat de sa réflexion et de son jugement.

Il ne refusera donc pas tous les actes naturels de la vie, mais il en refusera la spontanéité.

En fait, on constate que, généralement, il s'engage sur une voie de mesure, de tempérance et d'hygiène de vie qu'on ne peut pas blâmer. C'est seulement sur

une première impression que, devant ce manque d'élan, on a tendance à formuler des critiques.

Qui se dresse en notre for intérieur contre nos instincts, contre nos mouvements spontanés et irréfléchis, en nous signalant qu'il peut y avoir des dangers à agir sans connaissance de cause ? C'est notre conscience.

Un natif de la Vierge, c'est une conscience faite homme...

Il existe chez tout natif de ce signe un besoin de perfection. Il lui faut se connaître, se définir, s'observer, se contrôler et, pour conclure, progresser. Un natif de la Vierge est, parmi les types du Zodiaque, celui qui aspire le plus à son libre arbitre. Il ne fait jamais rien sur un coup de tête. Ainsi utilise-t-il sa volonté et ainsi se prétend-il être le plus libre des hommes.

Une telle personnalité, maîtresse d'elle-même, sait faire face à toutes les situations. Elle est douée de mille petites qualités bien plus nécessaires à la vie de l'homme moyen que ne l'est l'héroïsme.

Le natif de la Vierge recherche la tranquillité. Ce n'est certainement pas une destinée comparable à celle qui atteindrait le parfait bonheur, mais ce parfait bonheur est si rarement atteint que la Vierge a certainement plus de chances de réussir sa vie que d'autres dont les buts sont plus instinctifs, plus enthousiasmants et plus lointains.

On peut dire qu'il s'agit d'un type non émotif, actif et en même temps primaire et secondaire, termes que nous allons tout de suite expliquer.

Il y a des gens qui sont émotifs et n'agissent pas; sous l'effet d'un événement ils restent passifs. Il y en a d'autres qui, émotifs, réagissent à l'émotion en prenant une décision, en faisant un mouvement, ce sont les émotifs-actifs. Et puis il y a, parmi les gens qui ne sont pas émotifs, ces deux mêmes catégories, ce qui donne les non-émotifs non actifs et les non-émotifs actifs.

Léon Tolstoï faisant sa promenade quotidienne à cheval.

Les types dits primaires sont ceux qui agissent spontanément sur la première impression et les secondaires sont ceux qui, au contraire, ont besoin d'un certain temps pour sélectionner leurs impressions et choisir celle selon laquelle ils agiront.

Un contrôle permanent

La tendance fondamentale du type des natifs de la Vierge est la retenue. On ne se laisse pas aller; on ne se livre pas sans défense aux divers appels des instincts; que les autres soient des bêtes, soit, mais nous, les Vierge, nous ne le serons pas.

Dès la toute petite enfance, le natif de ce signe montre une grande facilité à accepter les disciplines de propreté.

Cette tendance va développer un caractère qui, dans toutes les circonstances de la vie adulte, sera maître de lui-même.

Les résultats sont divers. C'est ainsi, par exemple, que sur le plan financier un natif de la Vierge se contrôle : il est conservateur et prévoyant. Cela tient-il à la saison de sa naissance ? Il naît au temps des moissons; peut-être un secret instinct lui conseille-t-il d'engranger ?...

Sur le plan de l'action, c'est un être qui ne se précipite pas; un projet élaboré demande encore un certain temps avant de se voir exécuter. Non qu'il y ait indécision, non qu'il y ait caractère velléitaire : le natif de la Vierge n'hésite pas à agir, mais il prend le temps de peser les conséquences de ses actes. Il réfléchit.

Dans les mauvais cas, il laisse son courrier s'accumuler en attendant le moment d'y répondre; il temporise inlassablement et n'agit pas; il devient pointilleux à l'excès.

C'est un être qui ne sait pas jouir du bonheur de la

vie tant qu'il n'a pas accompli tout ce qu'il s'était décidé à faire et qui ne fait rien précipitamment , on devine qu'il sera préoccupé, généralement plutôt soucieux et, sinon triste, du moins n'éclatant pas de joie de vivre. C'est un personnage dont on dit qu'il est « trop raisonnable ».

En fait, sa morale est excellente. C'est toujours quelqu'un de consciencieux et, si on lui confie une tâche, on peut être sûr qu'elle sera exécutée avec la plus grande rigueur.

Il a une intelligence d'analyse. Il tend vers le doute; il est très lucide, cherchant constamment à comprendre, à voir clair, à connaître. Il a le goût de la systématisation, du classement.

La présence de Saturne accentue encore ces dons sérieux et la gravité générale de l'attitude.

Les plaisirs des natifs de la Vierge sont plutôt spirituels que matériels.

Les dangers de ce caractère

Il va sans dire qu'il est des natifs de la Vierge présentant tous les degrés de développement et qu'on rencontre sous ce signe des génies et de pauvres gens.

Le danger que présente ce caractère réside dans l'excès de retenue et de réserve qui peut conduire à une fréquente abstention.

Les Vierge peuvent manquer d'envergure, de spontanéité, être trop raisonnables, s'étouffer au milieu d'un amoncellement de principes, de règles, de tabous. Ils peuvent se préparer une vie sans folies, mais aussi sans fantaisie, une existence de maniaque mécanique qui finit par n'agir que selon ses règles, sans aucune concession à l'improvisation. Bref, quelqu'un qui s'ennuie et qui ennuie les autres.

Naturellement, cela est une exception, comme tous les cas excessifs. Le plus souvent, les Vierge sont

des gens méthodiques, ordonnés, logiques, sceptiques, travailleurs, mais lents, méticuleux, gouvernés par des habitudes, bonnes le plus souvent, mais propres à ralentir leur action.

Les variantes

Le fait de se priver de toute spontanéité peut arriver, chez certains natifs de la Vierge, à faire pression sur les désirs et les tendances, à comprimer tout ce qui représente la vitalité, à tel point que les défenses cèdent et que tout explose !

Cette image violente veut simplement amener la description du type Vierge réactionnel.

Il y a dans cette catégorie de natifs de la Vierge des instinctifs, des gens rapides, vifs, explosifs, spontanés, un peu sauvages.

Dans d'autres cas, c'est l'esprit rationnel qui cède le pas et on trouve des natifs de la Vierge qui se précipitent dans l'irrationnel en s'intéressant, par exemple, à la magie.

Enfin, une troisième variante présente l'un et l'autre de ces caractères, avec des principes de rigueur et, en même temps, les fantaisies de la réaction. On se trouve alors devant quelqu'un qui laisse les choses à faire s'accumuler, sous prétexte d'y réfléchir, et puis, tout à coup, voyant qu'il est tard pour agir, se met à la besogne et, inconsciemment, règle une foule de menues difficultés avec rapidité, plus ou moins bien, mais vite, pour se débarrasser.

Ce dernier cas est majoritaire.

Sur le plan financier, un tel personnage va se priver de menues dépenses pendant un certain temps, pour faire des économies, et puis, lassé de ce régime, va dépenser d'un seul coup ce qu'il avait amassé.

Léo Ferré.

Le type physique du natif de la Vierge

On ne pourrait pas reconnaître un natif de la Vierge au seul aspect général de sa physionomie; c'est un signe qui n'impose pas de marque extérieure très accentuée, comme beaucoup d'autres.

On peut poser en principe que le natif de la Vierge est un nerveux, de complexion sèche; donc il ne peut qu'être mince et délié. Il a le visage fin, nettement dessiné, souvent avec des yeux enfoncés dans les orbites. Mais ceci ne concerne que le type pur; nous verrons qu'il y a des types mixtes.

On reconnaît plus facilement un natif de la Vierge à l'expression de son regard qu'à ses traits. En effet, les Vierge ont le regard mobile, expressif, nuancé, avec mille plis qui, très tôt, accentuent les mouvements des yeux.

On les imagine plutôt avec une mine fragile et des traits discrets, mais c'est une illusion. Il en est aussi qui sont bien en chair et colorés.

Ce qui permet plus sûrement de reconnaître un natif de la Vierge, c'est d'abord le soin apporté à sa tenue. Quel que soit le niveau social du sujet, son apparence est toujours impeccable.

La démarche est ferme, sûre, bien équilibrée; les gestes sont précis, nets, bien marqués, sans excès.

Le natif de la Vierge n'est pas particulièrement robuste, mais avec sa sagesse, son caractère économe et raisonnable, il sait prévoir ses malaises et les soigner en temps utile.

Ainsi sa méthode est-elle tout à son avantage quand il s'agit de se bien porter.

Ce portrait concerne uniquement les natifs de la Vierge de type pur; la plupart du temps, on n'appartient pas à un type pur, dans ce signe comme dans les autres. Il existe des influences diverses contribuant à modifier certains caractères et ce sont ces influences qui suscitent des doutes sur l'exactitude des affirmations propres à chaque signe. En fait, pour correspondre au type pur, il faudrait que le seul signe ascendant soit le signe de la Vierge lui-même.

Mais le moment est venu d'examiner comment le natif de la Vierge peut tirer le meilleur parti des dons qui lui ont été faits à sa naissance, et de sa personnalité. Ce sera l'objet du prochain chapitre.

Sapho jouant de la harpe.
Des clercs et nobles femmes, *de Boccace, XVᵉ siècle.*

صورة العذراء على ما ترى في الكرة

Chapitre II

Le destin des natifs de la Vierge

Connaissant, maintenant, l'origine et le symbolisme du signe de la Vierge, ainsi que les grandes lignes du portrait moral et physique du natif de ce signe, vous êtes en mesure de vous intéresser utilement aux voies qui, en s'ouvrant devant ce natif, vont lui proposer le choix qui décidera de son destin. C'est cela qu'exprime, dans sa brièveté, le titre du présent chapitre, car, s'il y a une fatalité, disons tout de suite qu'elle n'est pas totale et que le libre arbitre demeure en dernière analyse la seule autorité qui ait le dernier mot.

Voyons ce que ce natif du sixième signe du Zodiaque, ce Mercurien, ce précis, ce méticuleux, secret et raffiné, va faire de sa vie.

Nous avons vu les traits généraux des natifs de la Vierge et comment, dès la naissance, cette personnalité se manifeste par sa retenue.

Le point de vue du psychanalyste

Le psychanalyste a son mot à dire. Notre explication astrologique n'est pas admise par les psychanalystes, on le conçoit : ils supposent que ce ne sont là que traditions ancestrales d'une valeur probablement folklorique et rien d'autre. Mais quel est donc leur point de vue et ce point de vue est-il différent du nôtre ?

Le natif de la Vierge est caractérisé par ce que les psychanalystes nomment, dans le langage freudien, le « complexe anal ».

Catalogue des étoiles, de Abd al-Rahman al-Sufi.
Manuscrit arabe du XVe siècle.

Selon leur thèse, il existe, dans le développement de la première enfance, une période au cours de laquelle le bébé attache le plus grand intérêt au fait de retenir ou de relâcher ses selles.

Le type Vierge s'intéresse surtout au fait de retenir. Il en résulte que, très tôt, l'enfant est propre. Pour ce bébé, l'éducation de la propreté est facile; il adopte facilement la règle consistant à évacuer les selles à l'heure dite et de la manière qui lui est imposée. Dès la première enfance, donc, ce personnage sait se contrôler. C'est la première manifestation de ce qui deviendra plus tard essentiel dans sa personnalité : ce don de se mesurer, de compter, de peser des principes, des règles, des limites.

Adolescent, le natif de la Vierge, qui n'a cessé de se contrôler, doit, comme tout le monde, choisir une carrière. C'est le moment où il peut montrer au maximum ses qualités de réflexion. En général, un natif de la Vierge choisit judicieusement sa carrière. Il adopte une ligne de préparation sévère et il en suit toutes les obligations avec zèle. Il a très tôt le souci de s'améliorer.

Doit-on conclure que le natif de la Vierge a été un enfant sage et se révèle un élève appliqué ? Probablement n'a-t-il pas plus de vertus exceptionnelles que les autres, mais, chez lui, la réserve qu'il impose prend parfois, face à l'autorité des adultes, figure de dissimulation.

L'enfant, l'adolescent est aussi révolté qu'un autre; il est désobéissant et parfois paresseux; mais il n'a que peu de réactions violentes et il a le don de l'explication logique. On le réprimande, il raisonne et sait très bien détourner la sanction par l'étonnement que provoque son audace !

Le côté manuel de la profession

Le natif de la Vierge présente une grande facilité de coordination de ses réflexes. C'est une qualité physique innée.

Il possède les dons que demande l'exécution des travaux minutieux, délicats et complexes. Il a généralement une bonne vue, une excellente mémoire, un caractère calme et des mains adroites. La logique de son esprit s'adapte très bien au maniement des petits outils. Il peut donc devenir un excellent artisan dans les nombreux métiers qui requièrent ces qualités et devenir un très bon ouvrier qualifié ou un très bon technicien. Comme il a une intelligence logique et analytique, l'esprit d'observation et un grand sens pratique, il peut faire un très intéressant inventeur, capable d'exécuter lui-même ses dessins techniques et, dans certains cas, ses maquettes et ses prototypes.

Il possède les dispositions permettant d'assumer certaines fonctions de contrôle et même de direction.

L'ensemble de ces qualités montre qu'il est très apte à des fonctions de « cadre ».

On remarque que les natifs de la Vierge, intéressés par la santé, le fonctionnement des organes du corps, peuvent trouver dans les branches médicales et paramédicales des carrières tout à fait à leur convenance.

D'une manière générale, ce type n'est pas fait pour les travaux demandant une grande force physique, une grande rapidité de décision, une forte autorité sur le personnel. Mais tant qu'il est question d'informer, d'expliquer, de coordonner, de vérifier, même d'exécuter, il a devant lui un bel avenir.

Le comportement au travail

Avec son goût des règles et des principes, le Vierge possède les qualités qu'un patron estime chez son employé. On peut dire qu'il y a, dans cette personnalité, une sorte d'idéal du travailleur, qui pourrait servir de modèle. La plupart des travaux monotones, réguliers, obscurs, qui font la base de l'économie d'un pays, sont accomplis par les natifs de la Vierge.

On considère que, s'il aime travailler seul, le natif de la Vierge possède suffisamment le don de l'organisation pour accepter volontiers de se plier au travail en équipe.

Toutefois, avec son doute perpétuel et ses petites habitudes, on peut considérer que, dans la plupart des cas, un natif de la Vierge a peu de chances de monter très haut dans la hiérarchie de l'entreprise. Il pourrait atteindre des postes élevés, mais il lui manque une certaine ambition, un certain esprit d'initiative, une politique propre, qui font qu'il doit d'abord être bien dirigé pour progresser.

On sent par conséquent qu'il manque quelque chose à cette personnalité et qu'il faudrait une légère modification pour lui ouvrir un avenir plus large, meilleur, plus confortable et plus plaisant.

C'est une carence qu'une éducation dirigée avec habileté et à-propos peut finalement pallier. Il ne tient, en effet, qu'à ses éducateurs de compléter tant de bonnes dispositions par un grain de fantaisie, une étincelle de passion, un gramme de zèle et une bonne canalisation de l'amour-propre qui ne lui fait jamais défaut. Éducateurs, à vous de jouer.

Sachez voir également que ce signe possède une certaine avidité, certaines limitations qui l'empêchent de se réaliser pleinement. On a vu des vedettes comme Greta Garbo, nées sous le signe de la Vierge, refuser les à-côtés de la gloire et même fuir tout contact avec les admirateurs, avec le public, d'une manière maladive.

Le natif de la Vierge doit donc se guérir d'un certain complexe d'infériorité qui lui fait du tort au cours de sa vie professionnelle.

Comment le peut-il ?

Greta Garbo.

Ce que les natifs de la Vierge doivent
s'efforcer de réaliser

Le caractère des natifs de la Vierge les empêche souvent de progresser, surtout si la concurrence est grande. On voit des individus bien doués n'occuper qu'une place subalterne, tandis que d'autres, d'intelligence inférieure, accaparent les premières places. C'est que ces derniers sont supérieurs sur un point : ils ont confiance en eux.

Or, le natif de la Vierge, bien qu'il sache à merveille se donner des règles et les respecter, bien qu'il soit toujours très soigné, très correct, très régulier, manque de confiance en soi.

Il ne saurait être question de faire d'un être qui a tant de qualités un arriviste sans scrupule, ce qui gâcherait tout ce qu'il a de bien. Mais on ne doit pas, non plus, laisser un travailleur si doué demeurer en arrière sous prétexte qu'il ne pense pas pouvoir faire mieux que les autres.

Le natif de la Vierge doit savoir que, s'il désire pénétrer dans une sphère où il lui faut entrer en concurrence avec d'autres, il doit accepter les règles de la lutte pour la vie telles qu'elles sont, même si elles lui paraissent inacceptables.

Pour se pourvoir d'un minimum de confiance en soi, il lui faut adopter une attitude radicalement contraire à celle que l'on avait jusqu'alors. Il faut d'abord méditer sur le but recherché et parvenir, consciemment, à cette conclusion inévitable : on ne réussit que si l'on a un grand intérêt à le faire. La réussite implique un élément passionnel.

On conseille au natif de la Vierge qui souffre d'un complexe d'infériorité de réfléchir chaque soir à l'intérêt que présentera pour lui un avancement qu'il va devoir arracher à la force du poignet.

Il n'est pas question de froncer les sourcils férocement et de se crisper sur cette idée. Cela ne servirait qu'à créer une obsession.

Au contraire, il faut être très détendu, voire même nonchalant, choisir l'heure du repos avant le sommeil et penser agréablement à tout ce qui arriverait de bien si l'on obtenait cet avancement, cette augmentation, cette promotion. Il faut que les pensées émises sur ce sujet soient calmes et sereines, tranquilles, mais non nébuleuses. Il faut qu'elles soient précises : j'achèterai tel objet; je pourrai faire suivre tel enseignement à mon fils; j'emmènerai toute la famille à la mer; je changerai d'appartement. Ou bien : je n'aurai plus à céder à cet imbécile de X... qui ne comprend rien à ce métier; je pourrai appliquer telle idée que j'ai et qui est certainement la meilleure.

Être doux avec soi-même

Une rééducation du caractère ne peut pas se faire avec brusquerie, avec brutalité. Le caractère est insaisissable et fragile. Pour ces raisons, celui qui veut apporter une modification à sa personnalité ne doit pas en parler. C'est un secret qu'il doit préserver.

Pour ajouter aux actions de chaque jour l'élément passionnel qui leur manque chez le natif de la Vierge, il faut parcourir un certain chemin.

D'abord, comme premier moyen, il y a le « hobby », cette occupation secondaire que beaucoup de gens adoptent pour se changer les idées et trouver à la vie un autre intérêt que leur ennuyeux travail professionnel.

Si vous réussissez remarquablement dans un hobby, vous vous découvrez des capacités, des qualités insoupçonnées. En tout cas, elles prennent ici une forme concrète de réalisation et vous y puiserez une certaine confiance en vous.

Ensuite, des méditations paisibles sur ce que vous

voulez atteindre, appuyées par le fait que vous avez diverses capacités, feront naître l'intérêt qui vous manquait pour la promotion dont vous rêviez vaguement.

L'enthousiasme, vous connaissez ?...

Le natif de la Vierge manque d'enthousiasme.

La force de l'intérêt donne à l'esprit l'unité d'action; elle favorise la concentration de la pensée et le développement de chacune de nos facultés. C'est de là que naissent la foi et la confiance.

Le natif de la Vierge, qui se sait très capable et écouté dans sa profession, ne peut pas douter de ses possibilités d'avancement.

D'abord, parce qu'il le désire de toutes ses forces. Il doit se dire une fois pour toutes que la chose désirée est précisément celle qu'il lui sera le plus facile d'accomplir. C'est son enthousiasme qui lui donnera l'énergie qu'il lui faut pour passer par-dessus son instinct secret qui lui dit : « Tu es incapable, tu n'y arriveras pas, reste donc dans ton obscurité, pour vivre heureux vivons cachés », etc.

Un des éléments de la réussite est l'habitude de surmonter les difficultés. Or, pour les natifs de la Vierge, cette habitude constitue la principale caractéristique.

Il leur sera donc facile, dès qu'ils auront saisi le mécanisme conduisant à l'enthousiasme, de passer à l'action et d'accepter en eux-mêmes le projet de leur avancement.

Si le natif de la Vierge éprouve le besoin de surmonter des difficultés et d'avancer dans sa carrière, il doit se définir d'abord un but.

Il existe une majorité de gens qui vivent sans dessein précis. Mais, pour arriver à s'élever dans une carrière professionnelle, on est obligé de se fixer un objectif, non pas une vague notion de ce que l'on voudrait faire, mais un projet précis, bien délimité, bien médité, choisi, rigoureux et défini.

Mis à part la mère de famille, dont le but est, bien naturellement, d'élever au mieux ses enfants, celui que l'on rencontre le plus fréquemment est l'avancement professionnel. La profession utilise la majeure partie de notre énergie et elle nous assure des ressources nécessaires à la vie. Au sein d'une profession, chacun se sent des dispositions pour certaines fonctions. Un natif de la Vierge, tout comme les autres, possède de telles dispositions et, s'il se refuse à le reconnaître, il a tort.

Son but est donc son avancement.

Pour y parvenir, au-delà de sa modestie et de son complexe d'infériorité, il doit se poser les questions suivantes :

Qu'est-ce qui me plaît plus que tout, sur le plan du travail ?

Est-ce que cela mérite de faire des efforts pour l'obtenir ? Ce que je veux obtenir est-il inaccessible ?

Quels sont les obstacles qui me séparent de ce que je veux atteindre ? (En faire une liste, afin de les rayer au fur et à mesure qu'ils seront surmontés.)

Ai-je la ténacité nécessaire au programme que je me donne ? (Si, à cette question, la réponse est négative, il faut envisager une correction du caractère et apprendre la ténacité.)

Si je devais échouer, aurais-je tiré, malgré tout, une satisfaction de mon effort ? (Cette question est de morale pure; en fait, il ne faut pas envisager l'échec. Mais, en répondant par l'affirmative, on se console, les soirs de découragement. On peut se dire : ce que je fais est quand même un effort utile, même si, par extraordinaire, il n'avait pas le résultat que j'en attends.)

En réalité, tout effort a un résultat. Un résultat

favorable. Mais ce n'est pas pour cela que vous allez faire vos efforts, c'est pour atteindre le but que vous vous êtes fixé.

La vocation

Ayant ainsi fait un louable effort pour déterminer le but à atteindre, le natif de la Vierge entrera dans une seconde phase : parcourir, étape par étape, la route qui mène à ce but. Pour les Vierge cette seconde phase est beaucoup plus facile à réaliser que la première. Il leur est difficile de se mettre à changer de route, à changer de style, à décider de se mettre en valeur. Mais il leur est facile de prendre des habitudes méthodiques.

La nécessité de gagner leur vie oblige la plupart des gens à accepter trop hâtivement une profession qui n'est pas forcément celle pour laquelle ils sont doués. Mais, même s'ils ne se sentent pas à leur place, ils ont le grand avantage d'avoir un but nettement déterminé qui est soit de conserver la même place et d'y faire carrière, soit de chercher, après quelques années et un minimum d'expérience, un autre emploi plus conforme à leurs désirs.

Les chemins et les méthodes

Quand il est question de choisir des méthodes, des voies et de tracer son plan d'action, puis de s'y conformer, les natifs de la Vierge se retrouveront sur un terrain qui leur est cher et familier.

Ce sont des méthodiques, des économes, des précis.

Le seule difficulté, pour eux, aura donc consisté à prendre un jour la décision de changer d'état d'esprit, de rejeter comme un vieux vêtement les habitudes passées de modestie et de réserve.

Le cardinal de Richelieu.

Un dernier effort permettra de se donner des méthodes, des délais. La nature Vierge pourra ensuite reprendre le dessus avec joie : il suffisait de lui donner quelques principes à suivre et elle n'attendait que l'occasion de se manifester.

Deux voies permettent d'avancer dans une profession : d'une part, il faut se perfectionner dans la technique; en même temps, il faut apprendre les rudiments de l'organisation, de la direction, du « management », et c'est le point le plus délicat pour les Vierge. D'autre part, il faut se tenir informé des personnalités influentes de l'entreprise, des postes et des conditions requises pour bénéficier de l'avancement.

Que l'élément scrupuleux de la Vierge ne s'étonne pas et surtout ne se choque pas de ce programme; il n'a rien de répréhensible et se borne à indiquer la règle du jeu. Il suffit de la bien connaître pour l'appliquer.

Il n'y a jamais aucun mal à s'informer des postes vacants ou susceptibles de le devenir.

Regarder en avant

Le natif de la Vierge est toujours, dans son métier, un professionnel capable, loyal et honnête. Mais rien ne l'empêche de porter ses regards en avant au lieu de regarder le sol à ses pieds.

Évidemment, tout progrès se fait par étapes successives. Il faut avoir planifié les diverses étapes et s'être donné des buts successifs.

Si le plan est convenablement tracé, le premier petit succès, assez facile à obtenir, devient un gage de succès futur.

Si l'on rencontre quelque échec, inutile de s'y attarder : il n'y a que celui qui ne tente rien qui n'échoue jamais.

Malheureusement, il se trouve que les natifs de la

Vierge ont d'habitude le sentiment qu'il vaut mieux ne rien tenter que de prendre le risque d'échouer. Aussi restent-ils dans leur emploi et font-ils parfois, sourdement et sans même s'en rendre compte, des mécontents, des résignés.

Pour le bon fonctionnement de l'économie d'un pays, d'un peuple, d'une nation, il faut que chaque individu donne le meilleur de lui-même. Une nation formée de résignés sera toujours une nation affamée.

Il est donc juste de ne pas s'estimer au-dessous de sa valeur, mais de préférence un petit peu au-dessus, ce qui fait que l'on sera obligé de faire des progrès, pour faire face aux problèmes que l'on se pose.

C'est ainsi que les natifs de la Vierge doivent agir pour corriger les éléments de leur personnalité qui ne sont pas favorables à une brillante réussite.

Cet enthousiasme qui leur manque, mais qu'ils acquerront s'ils se plient à ces directives, complétera très heureusement leur esprit de méthode et d'économie, leur réserve et leur régularité de travail, pour en faire des collaborateurs de choix.

Danse rituelle des jeunes filles. Enluminure du Livre des merveilles, *de Marco Polo, XVe siècle.*

Le mois de septembre. Calendrier des bergers, *XVᵉ siècle*.

Chapitre III

Les types mixtes de la Vierge

Dans la vie courante, on ne reconnaît pas au premier regard un natif de la Vierge. C'est que souvent la personnalité n'est pas marquée par le seul signe « solaire » de la naissance. Mais aussi par le signe ascendant.

Expliquons-nous : votre signe solaire, c'est le signe du Zodiaque dans lequel se levait chaque jour et pendant trente jours le Soleil, au moment de votre naissance. Mais la Terre, en tournant sur elle-même, présente tour à tour aux autres signes du Zodiaque chaque point de sa surface. Vu de la Terre, le phénomène se passe comme si chaque signe du Zodiaque à son tour montait à l'horizon, à l'est, parcourant le ciel et se couchant à l'horizon à l'ouest.

La présence d'un signe du Zodiaque apparaissant sur la ligne d'horizon à son lever est un élément qui influe sur le natif presque autant que le signe solaire.

Il est donc essentiel de connaître son signe ascendant. Comment faire ?

Vous devez vous informer de votre heure de naissance. Si vos parents ne sont pas là pour vous la dire, sachez qu'elle est inscrite sur les registres de l'état civil.

L'heure que l'on vous donnera sera l'heure officielle. Ce ne sera pas l'heure véritable. En effet, pour la commodité des horaires des transports sur longue distance, on a décidé de diviser le globe terrestre en fuseaux horaires dont le point zéro est situé sur le méridien de Greenwich. Le pays, la commune où vous êtes né sont situés sur certains méridiens qui sont nommés par des degrés de longitude « est » ou

« ouest », selon qu'ils se trouvent à l'est ou à l'ouest de Greenwich. Vous trouverez dans le commerce des tables qui vous permettront, en connaissant l'heure de votre naissance et la longitude du lieu de votre naissance, de fixer l'instant réel de votre venue au monde et le nom du signe zodiacal qui, au même instant, se levait à l'horizon. Ce signe est votre ascendant. La combinaison de votre signe solaire avec votre signe ascendant vous donne les caractères des types « mixtes » du signe solaire.

Voici les lignes générales des caractères de ces différents types.

Type Vierge ascendant Bélier

Pour les natifs de la Vierge ayant le Bélier en ascendant, on peut dire qu'il y a une grande opposition entre leur signe solaire et leur signe ascendant. En effet, le Bélier est le feu même; la spontanéité, une psychologie primaire. C'est la vie qui s'élance, neuve, c'est le premier mouvement.

Qu'avons-nous vu au sujet de la Vierge ? Elle vient avec les récoltes; elle personnifie la moisson, l'engrangement. Elle est méthodique et calme; elle classe, elle range, elle conserve.

Si vous vous reportiez à notre volume sur le Bélier, vous auriez la surprise d'y lire que les qualités de la Vierge sont justement celles qui manquent au Bélier. Nous ne pouvons que réitérer les mêmes conclusions : les traits vifs, directs, énergiques, décidés du Bélier correspondent justement à ce qui paraît manquer un peu à la Vierge. Le type mixte Vierge ascendant Bélier doit donc être en principe quelqu'un sans grand point faible.

Des initiatives, des décisions plus rapides, moins d'appréhension vont donc caractériser ces sujets. On ne pouvait souhaiter meilleur équilibre.

Cette harmonie entre les diverses tendances n'est pas toujours réussie; mais le natif peut toujours se parfaire, poussé par le Bélier. Ce dernier travaille pour des lendemains triomphants, il ne se contente pas de demi-mesures. A sa vivacité, à son audace, la Vierge apporte la réflexion. Les natifs du signe ne doivent pas se laisser entraîner vers des complexités intérieures qui leur poseraient des problèmes délicats à résoudre, et doivent savoir ouvertement utiliser les deux versants de leur personnalité.

Au physique, le natif de la Vierge ascendant Bélier n'est pas modifié; il restera mince et musclé, d'allure vive et précise, les traits aussi gais et l'allure aussi entraînante.

Sur le plan de la santé, il n'en va pas de même. La santé à toute épreuve du Bélier ne peut que perdre à se nuancer des caractéristiques de la Vierge. Mais les natifs de ce signe sont si pointilleux sur les troubles de leur organisme, ils y veillent avec tant de soins que leur ascendant Bélier ne fera que consolider un état de santé qui, sans cet ascendant, eût été moins robuste.

Type Vierge ascendant Taureau

Le Taureau est un être à l'esprit réaliste et pratique, doué d'un solide bon sens, capable de voir simplement et de juger sainement les choses. Son intelligence est efficace. Il s'y ajoute, dans certains cas, un grand amour de la terre et du patrimoine, le désir de rester fixé au sol natal, ainsi que de très intéressants dons artistiques, que marque très bien leur goût du confort, d'un certain luxe, de la vie belle et agréable.

Il semble que les goûts artistiques du Taureau ne se soient pas perdus dans cet échange et, avec le Taureau en ascendant, un natif de la Vierge se retrouvera doté d'une nature simple, tranquille, ferme et pratique, les pieds bien ancrés dans la réalité concrète et les ambitions très précises. Il faut y ajouter un grand amour du travail et des réalisations pratiques, du bon sens, l'amour de l'économie, de l'ordre, de la stabilité.

Le Taureau et la Vierge sont deux signes qui peuvent s'accorder parce que l'un et l'autre sont des signes de Terre.

Sur le plan de la morphologie, il faut se souvenir des rapports existant entre le Taureau, la bouche et le cou. Il y a, bien sûr, présomption d'une belle voix, chez le Taureau, mais aussi des plaisirs de la table. La Vierge va plus loin : la ligne générale de ce signe est « digestive ».

Un natif de la Vierge a tendance à avoir une silhouette mince, déliée, affinée, parfois maigre. Là, les marques de l'ascendant risquent de se faire nettement sentir. Cela pourrait se traduire par un élargissement du bas du visage, le cou épais, ou bien par une démarche posée, tranquille, plutôt lente, ferme et forte.

Le Taureau aime le confort, le luxe et l'élégance; la Vierge est soignée jusque dans les moindres détails de sa toilette, même quand celle-ci est très simple, car il ne s'agit pas tant de coquetterie que de soin et de netteté.

Bien qu'il y ait peu de compatibilité entre les deux signes, l'ascendant Taureau ne nuit pas à un natif de la Vierge, mais il n'apporte pas grand-chose.

Type Vierge ascendant Gémeaux

Lorsqu'un natif de la Vierge a les Gémeaux en ascendant, ce fait lui apporte le concours de tout ce que l'on peut demander à Mercure.

Mercure, les Gémeaux, signe d'Air, tout cela indique de prime abord la légèreté, la vivacité, la rapidité, le goût des contacts, des voyages, des communications, avec tout ce que cela comporte de retentissement sur le travail professionnel : des dons pour devenir agent de relations publiques ou journaliste, des dons pour le cinéma et la radio. Beaucoup de possibilités, en somme, s'ouvrent aux Vierge ascendant Gémeaux.

Les Gémeaux sont un signe d'Air ; la Vierge, un signe de Terre ; sous cet angle, il faut prévoir un risque de dysharmonie, mais pas de discordance, car l'Air et la Terre ne sont pas des antagonistes.

Au physique, les Gémeaux, type exclusivement mercurien, sont des nerveux à dominante sèche. Or les natifs de la Vierge sont aussi d'un type nerveux et sec.

La Vierge est, elle aussi, gouvernée par Mercure.

La présence de l'astre est soulignée par l'ascendant Gémeaux et les caractères apportés par cette planète sont partout les mêmes : type morphologique nerveux, mince, sec, vif, précis, rapide, sociable, d'allure jeune et le restant très tard.

On a un sujet qui fait preuve à la fois de sens pratique et d'idées générales. Les questions matérielles seront abordées avec compétence, mais les questions intellectuelles peuvent l'être tout autant.

Le natif de la Vierge ascendant Gémeaux est favorisé comme si les bonnes fées s'étaient présentées nombreuses au-dessus de son berceau : il est appliqué et habile ; il possède un don d'observation et un esprit critique ; il dispose d'une grande faculté d'adaptation. Une seule ombre à ce tableau : ce n'est pas aux Gémeaux qu'on la doit, mais au signe de la Vierge lui-même : ses natifs ont tendance à souffrir d'un complexe d'infériorité.

Il va de soi que, lorsque nous faisons allusion à un complexe, nous n'employons pas ce terme dans le sens médical et pathologique où l'emploient les praticiens spécialistes de la psychanalyse. Nous voudrions

seulement exprimer qu'il y a chez le natif de la Vierge le sentiment curieux qu'il n'a pas fondamentalement raison, qu'il doit défendre et soutenir, et souvent réviser ses opinions parce qu'il n'est pas assuré d'avoir raison.

C'est ce que nous désignons par complexe d'infériorité.

Type Vierge ascendant Cancer

La présence du Cancer en ascendant à la naissance apporte certains traits spécifiques dont la Vierge n'avait vraiment pas besoin. Le Cancer est un introverti. Vagotonique et digestif, il s'attarde dans les régions de sa naissance auxquelles il restera toute sa vie très attaché.

Or l'attitude de la Vierge est déjà introvertie. Mais les causes en sont peut-être différentes. Le Cancer est replié sur lui-même parce qu'il revient sans cesse à sa naissance, à ses premières années; la Vierge se replie sur elle-même par crainte des heurts de la vie. On reconnaîtra qu'il y a si peu de différence que le Cancer s'abrite symboliquement des coups du sort derrière sa carapace de crabe. La Vierge s'en protège en reculant devant tout ce qui se présente, en s'effaçant pour ne pas être surprise et peinée par un événement brusque.

Tout se passe comme si la Vierge craignait des maux intellectuels et affectifs et le Cancer des coups physiques.

Comme les uns et les autres sont symboliques, tout cela ne se traduit que par des nuances du caractère.

L'ascendant Cancer, pour un natif de la Vierge, n'est donc pas un bon élément. Il faut le savoir et considérer, lorsqu'on est dans ce cas, qu'il y a des motifs impérieux de chercher à modifier son caractère. La Vierge comme le Cancer sont des signes qui

Louis Charles-Auguste,
futur Louis Ier de Bavière (1786-1868).

peuvent apporter beaucoup de qualités mais, en les additionnant ainsi, on doit faire très attention.

Le mal serait éventuellement de tout refuser de la vie et de ses activités, et de s'enfermer dans des défenses soigneusement rendues étanches, ce qui retranche trop nettement l'individu de son entourage.

Au physique, il n'y a pas grande harmonie entre les deux types. Le type Vierge est sans grande originalité, et le type Cancer est lunaire. On conçoit que l'assemblage de l'une avec l'autre en une même personne risque de donner un visage fade aux traits mous. Chez une femme, cela n'est pas un grand mal car, avec les fards à la mode, elle sera tout de suite en mesure de souligner ceux de ses traits qu'elle veut mettre en valeur. Chez un homme, comme le maquillage n'est pas d'usage, il lui faudra tenter de se vieillir, par exemple en portant la barbe.

Type Vierge ascendant Lion

Le signe du Lion tend à apporter aux natifs ou à ceux qui l'ont en ascendant la base d'une constitution organique robuste, bien équilibrée, solide. Il est extraverti, de tempérament bilieux ou bilio-sanguin. Ce sont des personnes robustes, animées, décidées, agissant vite et bien, faisant du bruit, tenant de la place.

Que va donner un tel ascendant sur la complexion si particulière de la Vierge ?

Le natif de ce signe est, en effet, un nerveux, un introverti, il surveille son organisme délicat et tient plus que tout à sa sécurité. Tout le contraire du Lion. Les traits du Lion semblent ici dominer. Les particularités de la Vierge, en effet, sont trop fragiles pour que l'affirmation du Lion rencontre une opposition. La Vierge ascendant Lion devra forcément oublier ses maux et ses pudeurs pour se lancer dans la vie animée que lui suggère son ascendant.

Au physique, les différences sont moins nettement marquées.

Il existe évidemment le Lion herculéen, fort, expansif, à structure carrée, au corps musclé. Ce type pourra difficilement s'harmoniser avec les natifs de la Vierge très typés. Cependant, on ne doit pas oublier qu'il existe deux sortes de Lion; à côté de l'herculéen, il y a un apollinien, plus délié, plus léger, plus gracieux, plus harmonieux, tout en restant autant extraverti, décidé, vif et autoritaire. C'est plutôt une question d'apparence physique. Ce second type de Lion peut parfaitement se fondre avec un natif de la Vierge dont il serait le signe ascendant.

L'union de ces deux types sera le triomphe de la volonté solidement ancrée dans l'affirmation des valeurs personnelles. L'ascendant corrigera ce que la Vierge a d'introverti. Le caractère est plus affirmé, et la personnalité tend à s'accomplir avec une grande harmonie, en balançant dans de bonnes proportions les qualités de l'un et de l'autre type.

Il n'y a qu'un seul danger : c'est que, par suite d'une domination du type Vierge sur le type Lion, la personnalité se déséquilibre au point de se confiner dans le culte de ses besoins égoïstes et la surveillance sans relâche de son état de santé, organe par organe. C'est un malheureux renversement des valeurs et, si le mal n'atteint pas le déséquilibre psychique ou mental, c'est au natif du signe qu'il appartient, par un effort, de contrôler, de rectifier le sens de son évolution.

Type Vierge ascendant Balance

Le signe de la Balance, juste équilibre à mi-chemin entre le commencement et la fin de l'année zodiacale, donne à ses natifs un tempérament nerveux qui, sous l'influence de la diminution du flux vital, donne une nature délicate et affinée.

La Vierge est également le signe d'un tempérament nerveux; sur ce point, l'ascendant n'apporte pas de notables modifications au type Vierge pur.

Mais il est un angle de la personnalité sous lequel l'ascendant peut se faire sentir : c'est l'affectivité. Chez les natifs de la Balance, le côté affectif est largement dominant et colore tous les autres aspects de la personnalité. Chez les natifs de la Vierge, il n'en est rien. Les sentiments semblent n'avoir généralement que peu de part dans leur vie.

La présence d'un ascendant Balance peut donc tout changer dans le caractère d'un natif de la Vierge.

Un natif de la Balance penche vers l'introversion ou l'extraversion : il va sans dire que lorsque la Balance est l'ascendant d'un natif de la Vierge, il est de beaucoup préférable que ce soit une Balance extravertie, car la Vierge, introvertie par nature, n'a pas besoin d'être le moins du monde encouragée dans ce sens.

Sur le chapitre de la tolérance et des concessions aux autres, on peut dire que la Balance y tend très nettement alors que la Vierge reste indifférente. Là encore, il faut souhaiter que la présence d'un ascendant Balance apporte une correction au type pur de la Vierge.

Le natif de la Vierge qui a la Balance en ascendant devra faire très attention à un trait de caractère qu'il serait bon de corriger en lui. La Vierge de type pur est méfiante, réservée, prudente, et sa conduite peut l'entraîner à ne jamais rien entreprendre de crainte de ne pas réussir. La Balance a les mêmes tendances, ne sachant jamais se décider pour une action à force de peser le pour et le contre.

Type Vierge ascendant Scorpion

Le trait principal d'un Scorpion prend sa source dans les impératifs de son instinct. C'est un bilieux qui couve en son sein des passions et une ardeur pouvant aller à l'exaspération, sous une écorce d'apparence lymphatique. Analogie, sur ce point, avec le Cancer.

Le Scorpion a de la force d'âme, ne craint pas le danger ni la mort, en quoi il se distingue radicalement du type Vierge pur, lequel ne craint rien tant que les coups.

Le signe du Scorpion apporte au natif qui l'a en ascendant tout ce qui est instinctif, animal, grossier, extériorisé, agressif. Il tend vers le désordre, l'anarchie, l'indiscipline, non seulement l'ignorance des règles, mais leur violation cynique par insolence, par mépris des tabous.

Le signe de la Vierge lui apporte, dans le même temps, tout ce qui est le contraire des traits du Scorpion.

C'est-à-dire la discipline, le sens des convenances, de la correction, des règles de l'éducation, le respect de toutes les lois et de toutes les règles. En même temps, et tandis que le Scorpion favorise l'audace folle devant le danger, et même la poursuite de ce danger, le mépris de la mort, la Vierge entraîne les plus grandes précautions concernant la santé, le plus grand soin à éviter les heurts, les coups aussi bien physiques que psychiques.

Les deux tendances coexisteront sur des plans différents, le natif de la Vierge ayant, par son ascendant Scorpion, des élans anarchistes, contraires à ses tendances habituelles et, s'il le faut, assez d'audace et de violence pour passer outre à ses barrières internes, à ses blocages psychiques, et donner en une seule fois toute sa mesure, même si cela conduit à un héroïsme fatal.

Une opposition intérieure comme celle qui existe dans les natifs de la Vierge ayant le Scorpion en ascendant ne peut pas demeurer toute une vie silencieuse. Elle court vers une ou plusieurs manifestations brutales de plus ou moins grande importance, et qui seront certainement surprenantes.

Type Vierge ascendant Sagittaire

Il semblerait au premier abord qu'il n'y ait aucun rapport entre le signe de la Vierge, signe de Terre, et le signe du Sagittaire, signe de Feu.

Le natif du Sagittaire est le terrain d'une lutte entre le désir conformiste de s'intégrer dans la vie telle qu'elle se présente et le désir opposé de sortir de son cercle habituel, de briser tous les liens et de partir loin et haut « à la suite de sa flèche ». Mais en général cette lutte ne transparaît pas à l'extérieur. A-t-il encore assez d'énergie pour influencer, en ascendant, un natif de la Vierge ?

Probablement, car un natif de la Vierge est influençable. Rien en lui n'offre de résistance, il n'est que velléité, timidité, craintes. Mais sous l'influence du Sagittaire, il peut fort bien prendre à ce second signe un élan, une décision, un courage que son seul signe solaire ne peut lui permettre.

Ainsi le Sagittaire réveille-t-il le natif de la Vierge en lui insufflant un peu d'énergie.

Sur le plan morphologique, ou plus simplement en ce qui concerne l'aspect physique, voit-on une modification ?

Chez le Sagittaire, le visage est allongé, mince, aigu, « en lame de couteau ». Le profil est convexe et le nez domine. Le corps est étroit et allongé. La démarche est aisée, rapide.

Le type Vierge a donc beaucoup de choses à gagner avec un ascendant Sagittaire. Il y trouvera un

Antonin Artaud. Autoportrait, *1944.*

supplément de dynamisme dont il a bien besoin, des traits plus personnels, plus accentués, ce qui ne nuit jamais, une certaine ambivalence, une force musculaire intéressante mais surtout une plus grande agilité.

Moralement, l'individu se conformera aux règles imposées, mais il n'est pas exclu que ce personnage raisonnable et obéissant, respectueux des règles imposées, ne s'échappe un jour vers une absolue liberté, comme la flèche du Sagittaire.

Type Vierge ascendant Capricorne

Le Capricorne, au premier abord, se présente comme un être immobile, silencieux, tranquille et même froid. Il a l'air de ne pas se préoccuper le moins du monde de sa personne ni de l'effet qu'il produit. Il est si simple qu'il en paraît dépouillé. Il est réellement atone. Mais est-ce sa véritable nature ?

Son chemin est tracé dès sa naissance : il vit sur lui-même, intensifie son moi, se concentre sur sa propre vie et n'aime guère tenir de la place, faire de l'effet ni même bouger.

Derrière cette barrière glacée d'indifférence se cache une nature passionnée et hypersensible qui bouillonne dans le silence et la solitude.

S'il se met en action, le Capricorne se donne un but difficile, nécessaire cependant, et il l'atteint. Cela avec une grande économie de mouvements.

C'est un idéaliste.

Chez le natif de la Vierge, la présence du Capricorne en ascendant apporte quelques-uns de ces éléments.

La simplicité du Capricorne, le natif de la Vierge la possède déjà par son signe solaire. Nous avons vu qu'il est tout naturellement un travailleur modeste, tenant tranquillement son rang. En ce sens, il est déjà en harmonie avec la ligne de conduite du Capricorne.

A son ascendant il prend en général une notion très nette du but qu'il peut proposer à son ambition. Comme le natif du Capricorne, il peut aller loin parce qu'il ménage ses dépenses en énergie.

On se trouvera devant un être discipliné, ascétique, sauvage, renfermé, rigoureux, exigeant et intransigeant; une personnalité qui aime l'effort pour lui-même et ne cherche jamais la distraction. Mais, introverti, il le demeure à un degré d'intensité rarement atteint.

Le natif du Capricorne est généralement un nerveux longiligne, avec une santé solide. En ce sens, il se rapproche du natif de la Vierge.

On retrouvera probablement chez le natif de la Vierge le profil convexe au nez busqué et au menton allongé de son ascendant; la silhouette est en principe plutôt sérieuse, plus grave que gaie, avec un profond idéalisme qui n'apparaît que rarement dans l'éclat du regard et les rares mots qui l'expriment. Cet idéalisme va changer la Vierge, trop terre à terre. Sa pensée s'en trouvera élevée.

Le type Vierge ascendant Verseau

Le Verseau est à peu près dépourvu, en tant que signe zodiacal, de puissance animale. Il s'approche du pur esprit. Le Verseau est tout à fait étranger à la nature terrestre, lourde, matérielle, gorgée de sang, des signes précédents. Le froid Capricorne a servi de transition.

Le natif du Verseau tend d'abord à se libérer des instincts qu'il ressent comme un élément opaque et gênant, lui qui est presque translucide.

Si loin de tout instinct, le Verseau se détache de lui-même. La passion l'anime mais ne l'égare pas. Il n'a pas de haine. Son domaine, c'est l'amour.

Détaché des intérêts matériels, il semble se tourner

vers l'ensemble de l'humanité plus que vers sa propre famille.

On est bien loin des caractéristiques données par le signe zodiacal de la Vierge, qui, sous son joli nom, est si près de la matière, de ses organes, de ses menus malaises et de ses petites organisations personnelles. Il semble que la présence du Verseau en ascendant soit terriblement marquante pour un natif de la Vierge. Que va donner une telle influence ?

Tout ce que le signe de la Vierge apporte d'intro-version disparaît. Tout ce qu'elle apporte de méthode et d'économie est orienté vers l'ensemble des hommes : c'est à l'humanité que s'adresseront les compta-bilités des récoltes, et cette grange s'ouvrira pour soulager la faim dans le monde. Le Verseau est émi-nemment altruiste ; sous son ascendant, la Vierge le deviendra.

Autre résultat bénéfique, le natif de la Vierge qui a le Verseau en ascendant semble retirer de l'un et de l'autre signe ce qu'il a de meilleur et rejeter ce qui pourrait prêter le flanc à la critique.

Ainsi voit-on apparaître une nature curieuse et inquiète (Vierge), subtile et compréhensive (Verseau), perspicace (Vierge et Verseau), portée par un idéal ou animée par le souci d'atteindre une vérité supérieure (sentiments typiquement Verseau). Le signe de la Vierge est beaucoup plus matérialiste.

Grâce au Verseau ce sens humain existe, porté à son plus haut point, et avec le désir propre au signe solaire d'aider les autres. Car, pour aider les autres, il faut agir matériellement, et cela la Vierge le sait. Qu'elle le fasse par instinct, sans bien comprendre, ou en toute clarté par esprit social et humanitaire, le fait est qu'elle l'accomplit.

Jean-Louis Barrault.

Type Vierge ascendant Poissons

Chez ce signe zodiacal, le dernier de l'année, on trouve la fin de la courbe suivie par la nature qui est née, qui s'est formée, qui a germé, qui s'est épanouie, qui a donné ses fruits, puis est retournée à la terre, se dissolvant non seulement dans l'ensemble de la création terrestre, avec le Verseau, mais tendant à s'intégrer à l'ensemble du Cosmos. C'est le signe des Poissons. Poissons parce qu'ils flottent dans un univers imprécis comparable à des eaux sans fin.

Sous l'influence de ce signe, la personnalité tend à une extrême dilatation de son psychisme pour englober le tout universel et cosmique.

Le natif du signe est un surémotif-sous-actif, secondaire ou primaire. Donc, l'émotion prime tout, l'action n'est pas remarquable, les impressions sont saisies rapidement. Tout cela est-il propre à modifier d'une manière apparente la personnalité du natif de la Vierge qui a les Poissons en ascendant ? Le cas semble assez complexe.

La présence de l'ascendant Poissons développe chez le natif de la Vierge une grande sensibilité qui ne serait pas là sans l'ascendant, car elle n'appartient pas à la Vierge. Une bonté continuelle se manifeste et elle s'étend dans le milieu où l'on vit, parmi les personnes du proche entourage. La compassion, la charité, la compréhension vont agir sur le natif de la Vierge en lui imposant un transfert de ses soucis organiques sur les autres. Les dons qu'il a de deviner et soigner ses propres maux, il va les appliquer à deviner les maux des autres et à les calmer.

La présence des Poissons en ascendant revêt par conséquent, sur le plan moral, une extrême importance ; elle peut tout changer.

Ce qui va désormais dominer, c'est une grande sensibilité à la souffrance des autres, un grand intérêt pour ce qui touche à la maladie et à ses remèdes.

Morphologiquement, il n'y a pas de grandes modifications. On peut cependant noter un certain écartement des yeux ou une certaine disposition qui repousse le regard latéralement; le visage est allongé, la bouche importante. Le natif de la Vierge avec ascendant Poissons sera toujours préoccupé du soulagement des misères humaines, d'abord autour de lui et puis dans une aire de plus en plus vaste.

Cérès. Des clercs et nobles femmes, *de Boccace,*
XVe siècle.

Page suivante : Traité d'astrologie, *de Mohammed ibn Hasan el-Saoudi. Manuscrit turc, 1582.*

تقسیم در جانب سنبله

Troisième partie

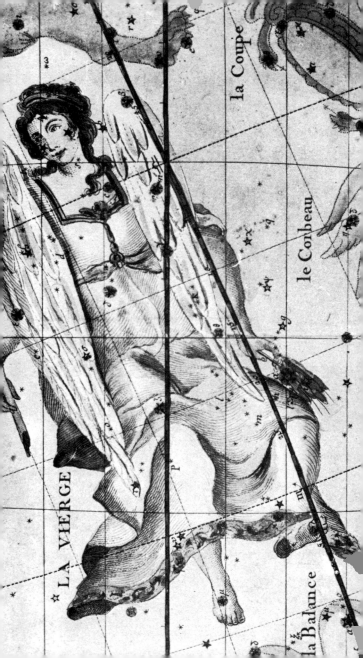

la Coupe

le Corbeau

LA VIERGE

la Balance

Chapitre I

Le natif de la Vierge
devant les natifs des autres signes

Nous venons d'étudier et de tenter de définir le type des natifs de la Vierge et les modifications que lui apporte la présence d'un autre signe en ascendant.

Nous allons considérer, au cours de cette troisième partie, la situation et le comportement du natif de la Vierge dans ses rapports avec les natifs de chacun des autres signes.

Ce sont des informations qui se révèleront de toute première utilité toutes les fois que vous vous trouverez en présence de quelqu'un dont vous avez besoin de prévoir les réactions, d'envisager le fond de la pensée, d'estimer la meilleure façon de conduire le dialogue avec lui. On pense généralement aux relations amoureuses; mais il faut aussi envisager les relations familiales, professionnelles, toutes les relations humaines en général.

Il n'est pas sans intérêt de décrire l'attitude du natif de la Vierge envers les tiers en général. Cela, nous l'avons exprimé dans son portrait psychologique au cours de la deuxième partie de cette étude. Nous voudrions préciser, maintenant, quelle est cette attitude selon le signe de l'interlocuteur.

Cette attitude réciproque a une si grande importance sur le plan sentimental que nous allons lui réserver tout un chapitre. Commençons par le simple dialogue intellectuel, social, politique ou profession-

---

La constellation de la Vierge.
Atlas céleste du XVIIIe siècle.

nel entre le natif de la Vierge et le natif d'un autre signe.

Lorsque le natif de la Vierge rencontre un natif du Bélier, il se révèle facilement effarouché par l'audace de son interlocuteur. Il peut réagir vivement par quelques répliques piquantes, sans pour autant renoncer au dialogue : il apprécie toujours les rapports verbaux et les échanges de lettres.

Avec un Taureau, la Vierge risque de donner libre cours à son goût de l'ironie. Le Taureau est sensible, délicat, mais parfois sa lenteur et une sorte de solennité prêtent à sourire pour le natif de la Vierge.

Avec les Gémeaux, les mots d'esprit et les répliques vont se croiser comme deux épées, mais la Vierge n'aura probablement pas le dernier mot.

Avec le Cancer, les échanges seront sereins. Toutefois la Vierge sera tentée de ramener sur terre un Cancer romanesque, rêveur, parfois poétiquement mythomane, qui se promène dans la lune...

Avec un Lion, le Vierge sera calme, tranquille, et attendra son tour de parler pour exprimer une opinion mesurée et raisonnable.

Avec une Balance, qui est généralement d'humeur égale, les échanges seront courtois, agréables et intéressants. Le natif de la Vierge sera souvent impressionné par la grâce et l'élégance des natifs de la Balance.

Avec un Scorpion, la Vierge parlera de toutes les complications de la vie et des problèmes qu'elles nous posent.

Avec un Sagittaire, la Vierge trouvera un interlocuteur aux idées diverses, élevées, bien exprimées. Elle tendra alors à se replier sur elle-même.

Avec un Capricorne, en revanche, elle sera compréhensive et douce, et saura deviner ses problèmes.

Avec un Verseau, il y aura peu de sujets de conversation communs. La largeur d'esprit d'un Verseau et son détachement des problèmes de son propre entourage choquent un peu le natif de la Vierge.

Enfin, avec un natif des Poissons, ces deux personnages étant d'humeur calme, de longs échanges peuvent se développer et tout porte à croire qu'une intéressante collaboration professionnelle serait possible et même fructueuse.

Ainsi voit-on tout de suite, à cette simple lecture, l'intérêt qu'on aurait, dans les rapports sociaux, à s'informer au moins du signe zodiacal sous lequel sont nés ceux à qui l'on a affaire. On saurait comment s'y prendre pour ne pas les heurter de « front » et on pourrait prévoir leurs réactions.

On utilise parfois des informations de ce type dans le recrutement du personnel, mais trop rarement, par rapport à sa simplicité et à son efficacité. On éviterait de mettre dans la même équipe des gens qui ne peuvent pas s'accorder, et de donner des occupations bien définies à des gens dont on saurait qu'ils sont incapables de les mener à bien.

Connaître la psychologie des gens d'après leur signe zodiacal de naissance présenterait pourtant le plus grand intérêt. Mais l'habitude n'en est pas encore venue. Si, actuellement, on s'intéresse au signe zodiacal de quelqu'un, c'est surtout, il faut le reconnaître, dans une intention plus personnelle, bien que non moins importante : l'amour et le mariage.

N'a-t-on pas raison ?

Un partenaire de travail, on en change; au besoin on change de travail. Mais un conjoint ! Il est préférable de savoir à quoi s'en tenir à son sujet, car on espère passer toute sa vie avec lui, et, aussi, on s'attend à en avoir des enfants.

Ce sujet est aussi vaste que passionnant.

Quel est donc le comportement du natif de la Vierge devant l'amour ?

Voilà la question clairement posée.

Pour les natifs de la Vierge, l'amour est une affaire sérieuse, très sérieuse, même. Reconnaissons, d'ailleurs, que les Vierge sont des gens qui regardent la vie d'un œil plutôt grave. Le natif de la Vierge, qu'il soit homme ou femme, ne considère jamais l'amour comme une offre immédiate et passagère. De plus, le véritable et profond amour, le don de soi, n'est pas, pour lui, un geste que l'on accomplit une fois pour toutes et qui reste acquis pour la vie. Il sent d'instinct que l'amour se mérite, se gagne en permanence car il s'éteint si l'on croit qu'il est en sécurité au foyer.

Lorsqu'un natif de la Vierge rencontre l'amour, il ne le laisse pas s'enfuir. Lorsqu'il l'a capturé, il en prend constamment le plus grand soin et s'efforce de l'entretenir.

La Vierge est un signe gouverné par Mercure, planète de la pensée agissante, de l'intelligence pratique et de l'activité.

La plupart des gens considèrent la sexualité comme un élément instinctif de la vie amoureuse. Le Vierge, sous l'influence de Mercure, n'est pas de cet avis. Il met de la cérébralité partout, même dans la sexualité. C'est une sexualité intellectualisée, liée à l'imagination, aux idées et même aux idéaux.

Avec cette conception de la sexualité et de l'amour, le Vierge devient apte à réagir à toutes les nuances de l'amour. Cette réaction, d'ailleurs, ne tend pas à prendre du plaisir : elle tend surtout à en donner.

Quelques complications sont causées par la présence du Capricorne dans la Maison V de la Vierge, où il se trouve en compagnie de Saturne.

Cette double présence ne simplifie rien et le gentil Mercure, avec tout son esprit, a du mal à se sortir de ce piège inhibiteur.

Par suite de cette disposition, les Vierge n'admettent pas l'inhibition saturnienne et veulent tenter de comprendre en faisant appel à Mercure et à leur intelligence qui n'est pas négligeable. Connaissez donc mieux le Capricorne !

Nous avons déjà longuement parlé de ce signe. Il est froid, dépouillé, immobile. Il n'apporte pas, il ne prend pas, il fige...

Le natif de la Vierge est un perfectionniste. Cette perfection qu'il recherche en lui-même en prenant le plus grand soin de sa toilette, en veillant à être toujours à la bonne place au bon moment et, tranquillement, à faire son travail gentiment et sans problèmes ni réclamations, cette perfection, donc, il la veut aussi dans l'amour. C'est un cas difficile. N'atteint pas la perfection qui veut ! Notre Vierge pourra toujours être propre, avoir soigné le décor, avoir minutieusement arrangé sa tenue, son habillement et tout prévu, cela n'implique pas que l'entretien sexuel sera parfait. Et d'abord parce que nul puriste n'a encore pris la peine de définir la « norme » d'un entretien sexuel parfait !

Est-ce parce que le signe du Capricorne habite votre Maison V, la Maison de votre affectivité et de votre amour ? Vous, natifs de la Vierge, vous avez une attirance toute particulière pour les natifs de ce signe. Mais c'est courir après la difficulté, car le Capricorne, lui, ne vous recherche pas.

Les natifs de la Vierge, malgré leur désir de perfection, ne parviennent pas souvent à une très grande satisfaction. Un amour-propre terriblement impulsif les dirige et leur fait craindre comme la peste la moindre critique, en amour comme dans toutes les situations. Le résultat se laisse facilement deviner. S'il est une circonstance où il faut s'avancer sans crainte et en toute simplicité, c'est justement l'amour. Il déconcerte aussi souvent par un certain manque d'assurance.

Chez les natifs de la Vierge, il se produit le plus

souvent un excès de tension qui gâte tout. Il est nécessaire de choisir un partenaire très bienveillant, qui prodigue les encouragements indispensables pour une bonne relaxation et une aisance parfaite. Enfin quelque chose de parfait !

Il faut donc que les natifs de la Vierge, dans leur propre intérêt, abandonnent ce principe perfectionniste et sachent que tout le monde se vaut, peu ou prou. Si leur physique présente une légère carence, ils doivent savoir que la tendresse fait pardonner agréablement une minuscule défaillance.

Il convient par conséquent que tous les natifs de la Vierge cessent d'adopter une attitude trop compliquée et fassent l'amour... comme tout le monde.

Attention, natifs de la Vierge, le perfectionnisme pourrait bien être une conséquence de l'orgueil.

Désormais, vivez au présent et non plus au passé ni au conditionnel. Les choses sont ce qu'elles sont, et leur examen détaillé, avec toutes les ressources mercuriennes, ne changera rien aux événements. Il est préférable, en cas de non-satisfaction, de changer de partenaire, si l'on ne veut pas essayer la détente, la tendresse, l'affection sincère et les douces paroles.

A vouloir trop bien faire, on risque de se retrouver « Gros-Jean comme devant ».

La sexualité chez les natifs de la Vierge

Les natifs de la Vierge disposent d'une gamme sensorielle très étendue. Ils réagissent au toucher d'une manière très voluptueuse; ils réagissent à l'odeur, aux sons, à l'éclairage et même aux couleurs. La suggestion, pour eux, n'est pas un vain mot. Dès qu'ils acceptent de laisser de côté leur esprit critique, qui s'exerce autant contre eux-mêmes que contre leur partenaire, ils tirent le plus grand profit de tels entretiens.

Il va sans dire que cette allusion aux critiques ne veut pas dire que le natif de la Vierge passe le plus clair de son temps à évaluer son partenaire comme on évalue la récolte après la moisson. On pourrait s'y attendre après ce que nous avons dit. Ce n'est pas cela, mais le Vierge suppute quelles sont ses chances de compatibilité réciproque entre lui et le partenaire sur le plan mental. Si le Vierge les estime faibles, il se trouve sexuellement en infériorité ; c'est un cérébral, le pauvre ! Un tour que lui joue Mercure !

Quand les moyens physiques souffrent de la constatation du manque d'harmonie sur le plan mental, notre Vierge tente de rattraper les choses en faisant du zèle, mais le cœur n'y est plus, autant ne pas insister ; il ne fallait pas exercer tant d'esprit critique !

Si le fait de constater le manque d'harmonie rend l'amour difficile, il faut le dire tout de suite et changer de partenaire. Vous aurez de la peine si vous insistez, vous ne pouvez pas supporter quelqu'un dont vous n'aimez pas l'intelligence.

En revanche, le natif de la Vierge tombe très amoureux lorsqu'il rencontre un partenaire dont il admire les dons intellectuels.

Les natifs de la Vierge, hommes et femmes, ont en amour des idées bien arrêtées et qui semblent en liaison avec leur psychologie générale.

Les Vierge font des travailleurs réguliers dans leurs résultats et accommodants. En amour, les Vierge sont également faciles à vivre, une fois réservée l'exception du partenaire dont la forme d'intelligence ne leur convient pas.

Les Vierge sont parmi les gens les plus provocants et les plus fascinants. Ce sont des gens qui aiment enseigner ce qu'ils savent. Aussi préfèrent-ils donner que recevoir et, parfois même, expliquent-ils comment faire. Il faut former les partenaires, quand on veut ce qu'il y a de mieux en fait d'expérience et de joie à deux.

Pour les natifs de la Vierge, satisfaction, joie, plaisir ne sont jamais des espérances; ce sont des buts. Dans sa quête de l'union heureuse, il analyse, considère, explore l'avenir, suppute, classe et enregistre, selon ses habitudes. Pour atteindre le standard de cet être insatisfait qui place ses exigences à la hauteur du ciel même, il lui faudrait former un véritable disciple !

Les natifs de la Vierge, en cas d'insatisfaction, ont toujours une dernière ressource : l'illusion. C'est un fait : la Maison VII de la Vierge, qui représente les relations avec l'extérieur, est habitée par le signe des Poissons. Le signe des Poissons, c'est celui du rêve, des illusions, de l'irréalité, car sa planète gouvernante est Neptune, qui leurre au fond des océans.

Tandis que la Maison V est le sentiment, la Maison VII est l'union légale.

Résultat : dans les aventures sentimentales, le natif de la Vierge fait des difficultés, met des obstacles où il n'y en a pas; en matière de mariage, il agit autrement, se laisse tromper, s'illusionne plutôt que de rompre et vit son union légale dans une perpétuelle illusion, pour ne pas voir la réalité.

On remarque que les natifs de la Vierge sont souvent, en amour, attirés par les personnes plus âgées. Sans doute apprécient-ils la sécurité apportée par un partenaire ayant de l'expérience.

Les inconvénients et les préférences exposées ici désignent moins des faits qu'une tendance présente chez tous les natifs du signe. L'usage qu'il faut faire de ce texte est le suivant : garder en soi ce qui est bien et corriger ce qui est critiquable. Ainsi aura-t-on utilisé au mieux ces notices astrologiques.

On a souvent remarqué que les natifs du signe de la Vierge semblent rechercher toujours une qualité exceptionnelle, mais ne paraissent pas en mesure d'expliquer la nature de leurs recherches. Est-ce une constitution physique, est-ce le geste, est-ce la vigueur, la passion, l'ardeur, le détail ? Il y aurait beaucoup à dire sur ce sujet, mais il semble que le moment soit venu de considérer plus particulièrement la femme, puis l'homme nés sous le signe de la Vierge.

Conseils aux hommes concernant les femmes natives de la Vierge

Beaucoup de femmes natives de la Vierge évitent l'amour aussi longtemps que possible. Elles se marient tard, épousent un ami d'enfance, bref, peu d'entre elles cèdent à une véritable passion. C'est une des manifestations des précautions que prennent les Vierge pour éviter de courir des risques. Ce sont des êtres qui se mettent à l'abri.

On les a souvent déclarées « frigides » : il n'en est rien. Ce sont des perfectionnistes : si on ne leur convient pas, intellectuellement, leur corps se ferme...

Madame Vierge, qu'on le sache, ne dédaigne jamais un compte en banque bien pourvu et la bague au doigt.

Comme elle a du discernement, elle prend tout son temps pour faire son choix. Comme elle est un peu maniaque sur le chapitre de la netteté corporelle, elle peut faire ensuite fuir l'heureux élu. Elle supporte mal la négligence et les hommes sont parfois si peu soigneux !

Elle s'intéressera aux projets de son partenaire, mais c'est chez elle une occupation intellectuelle : elle n'y met aucune malice et bien mal venu serait celui qui verrait là une sorte de surveillance.

Elle n'est absolument pas facile à tromper et les confidences qu'on peut lui faire doivent être sincères, sans cela elle y découvrira les failles qui les trahissent.

L'homme qui a su gagner l'amour d'une native de la Vierge aurait grand tort de le perdre pour une baliverne; cet amour est un don précieux et beaucoup de joies peuvent en venir que rien ne remplacerait. Pour cette seule raison, garder madame Vierge vaut qu'on y prenne parfois quelque peine.

C'est en effet un véritable trésor, car elle est intelligente, franche, loyale, sensée, et elle comprend très bien la plaisanterie.

Conseils aux femmes concernant l'homme de la Vierge

On peut croire l'homme né sous le signe de la Vierge froid, réservé, incapable d'émotions, mais ce serait commettre une grande erreur. En fait, il souhaiterait être ainsi, mais il ne l'est pas. Il voudrait rester froid pour permettre à son intelligence de poursuivre ses observations, ses analyses, ses critiques. Mais il s'émeut comme quiconque et le jeu se dérègle. Et puis il est d'une grande générosité. Ce sentiment prend le pas sur d'autres.

Homme exigeant, il refuse toujours la seconde place. Quand il demande s'il compte beaucoup, il faut non seulement lui répondre par l'affirmative mais aussi dire qu'il est meilleur que les autres.

C'est un homme qui dit habituellement tout uniment ce qu'il pense. Il n'est pas étincelant, mais il est sincère et intelligent. Il ne fera rien d'extravagant pour prouver son amour, mais il donnera toujours à sa partenaire ce dont elle a besoin et il est assez sensible pour deviner toujours ce qu'elle désire.

C'est un être fondamentalement sauvage, timide, sensible, réservé. Il a de la peine à exprimer ses sentiments, mais ceux-ci sont profonds. Il ne sait pas s'extérioriser affectivement; il faut l'attendrir, le mettre en confiance avec de bonnes paroles pour qu'il se livre.

C'est un être hautement doué sur le plan pratique et qui a le talent d'organiser les choses qui, avec lui, de compliquées et brouillonnes qu'elles étaient deviennent claires et simples.

Monsieur Vierge a l'esprit très critique et vous passerez par son crible, comme lui-même d'ailleurs.

Son principal défaut consiste à chercher toujours une perfection parfois hors d'atteinte : il se met dans des états d'inquiétude anxieuse à la seule pensée qu'il aurait pu réussir beaucoup mieux telle activité à laquelle il s'est consacré, s'il y avait mis plus de force, plus de zèle, plus de constance ou plus de talent. C'est à sa femme de le rassurer, de lui rendre confiance en lui-même et de lui prouver que ce qu'il fait ne mérite ni tant d'effort, ni tant de critiques.

Il travaille à la perfection et il s'étonne sans cesse de voir que tout le monde n'en fait pas autant. Ce don de perfectionneur, il le tient de son goût pour l'observation méthodique, minutieuse, judicieuse. Que sa partenaire ne s'étonne pas s'il applique ces dispositions à elle-même aussi : elle ne doit pas prendre du mauvais côté sa manie d'observer et de jauger les gens. Il est ainsi; elle ne le changera pas; autant en prendre son parti et considérer le côté positif de ce trait.

Pour se faire aimer de monsieur Vierge, il sera bon que l'on veille sur sa tenue : une coiffure bien faite, bien régulière, sans une mèche folle, et un visage parfaitement mais imperceptiblement maquillé, et surtout une toilette sans aucun faux pli ou grain de poussière. Monsieur Vierge est un homme minutieux presque jusqu'à la manie, on ne le répétera jamais assez. Il voit vos ongles avant vous, il voit le nuage sur le brillant de la chaussure avant tout le monde et sa propre perfection est elle-même l'objet de ses critiques.

Quand on désire vivre avec monsieur Vierge, il faut d'abord s'armer de patience, et puis s'ingénier à découvrir des distractions car, si ce n'est pas pour vous faire plaisir, monsieur Vierge ne pensera même pas qu'il pourrait se reposer, s'amuser. Il aime le travail, s'y plonge avec satisfaction et trouve amusant tout ce qu'il fait. Il en oublie les vacances et les jours de congé et ce sera veiller sur son équilibre et sur sa santé que le lui demander pour vous, car, pour lui-même, il jugera la détente inutile. Cependant, en vous accompagnant à la mer ou à la montagne, il sera très heureux et se reposera avec une joie reconnaissante : vous l'avez tiré de devant sa table de travail et c'est très bien !

Une fringale de bonheur

Les natifs de ce signe, hommes et femmes, sont affamés de bonheur : aussi cherchent-ils dans l'amour la réalisation de leurs aspirations. Mais, pour que cela se fasse, il faut qu'ils se sentent en sécurité. Sécurité, leur grand mot. Comment ne rechercheraient-ils pas cette garantie, eux qui viennent en ce monde à la saison des récoltes que l'on met à l'abri pour se nourrir en hiver ? C'est, pour eux, un réflexe organique.

Dans la recherche du partenaire qui apportera le bonheur par l'amour, les natifs de ce signe se montrent peut-être logiques avec eux-mêmes, mais trop exigeants; ils refusent de prendre le moindre risque. Qui peut garantir le bonheur à un couple ? Il existe tant de causes volontaires et involontaires de dissension entre deux êtres humains !

Il faut, pour trouver le bonheur, que les natifs de la Vierge acceptent sans exiger aucune garantie de prendre leurs responsabilités : celle de leur propre conduite envers leur conjoint afin de ne pas créer discussions ou incidents; celle de leur choix.

Une autre erreur que commettent parfois les natifs de la Vierge dans le choix de leur conjoint, c'est le rôle donné à la fortune. N'accordez pas une importance excessive à des biens qui peuvent disparaître d'un jour à l'autre ! Vous savez parfaitement que ce qui importe, c'est le caractère et le potentiel d'affectivité de l'un et de l'autre, et c'est aussi l'attirance physique. Si ces deux conditions sont réunies, que vous soyez ou non perfectionniste, acceptez ce que l'on vous propose. La fortune, vous la construirez vous-même, et si vous n'y parvenez pas comme vous le souhaitez, vous aurez eu le bonheur, un foyer et une tâche que vous vous serez donnée et que vous aurez accomplie de votre mieux; il n'est pas raisonnable de demander plus que cela à la vie.

Au fond, il suffira que les natifs de la Vierge acceptent l'amour pour ce qu'il est. Non pas une illusion, mais le seul bien réellement nécessaire que l'on puisse obtenir, pour peu que l'on veuille bien se donner un peu de peine.

Les Vierge ont du discernement, ce qui leur évite de commettre des erreurs assez courantes. Après avoir montré à votre partenaire que vous possédez cette qualité et que vous savez l'utiliser, attachez-vous à lui donner confiance, à l'encourager, à soutenir moralement ses efforts et à assurer son équilibre psychique : c'est une des clefs de votre bonheur.

Les Vierge sont-ils faits pour le mariage ?

La rumeur publique dit souvent que les natifs de la Vierge ne sont pas faits pour le mariage.

On ne devrait jamais soutenir de telles affirmations; il n'y a aucun signe dans le Zodiaque qui inflige un tel jugement et déconseille le mariage. Mais il y a une raison à cette croyance.

Les natifs de la Vierge sont trop méticuleux et trop exigeants. Quand ils acceptent de passer outre à quelque faute de soin ou de goût de leur partenaire, ils le font avec un tel air blasé, en ayant l'air de dire : « Le pauvre (ou la malheureuse), il (elle) n'a pas les capacités voulues pour se tenir impeccablement; il

129

(elle) est brouillon, sans soin... » Car c'est là le grand reproche. On conçoit que, pour une femme Bélier, un mari Vierge peut exciter une certaine impatience. Elle voudra se précipiter en avant pendant qu'il sera encore à ôter un petit fil clair sur la manche sombre de son costume. Elle voudra décorer la maison tandis qu'il lui reprochera de ne pas ôter la poussière avec assez de régularité...

Ce n'est pas plus grave que cela, mais ce sont des piqûres qui, à la longue, finissent par faire mal et que seul un amour très profond peut éviter.

Il arrive souvent que les natifs de la Vierge mettent trop de temps à se décider; en cas de demande en mariage, ils ajournent leur réponse. Ce n'est pas qu'ils manquent de confiance ou qu'ils doutent des sentiments de leur partenaire. Mais, souvent, un événement extérieur leur semble être de nature à retarder la décision : attendons la fin des grèves; attendons que votre mère soit tout à fait guérie; j'attends justement un avancement.

On peut aller loin avec de telles phrases, on peut surtout attendre longtemps. Si le partenaire se lasse, on lui dit : « Vous êtes impatient », ou « Je crois que vous êtes un peu léger; pourquoi vous impatienter, nous avons toute la vie devant nous. »

Lorsqu'on vous parle ainsi, informez-vous. Si l'auteur de ces phrases est né sous le signe de la Vierge, c'est entendu : trouvez la réponse qui le fasse fléchir ou quittez-le. Attendre est un état d'esprit inné et quasi organique.

Cette attitude devant l'amour et le mariage comporte, bien entendu, des degrés, des nuances. Certains savent dire les choses avec élégance ou avec cœur; d'autres restent froids et maladroits. Certains devinent l'instant où le cadeau arrange tout, d'autres offrent leurs présents avec cœur mais au hasard.

Tous, cependant, possèdent ce besoin de perfection qui est très caractéristique de ce signe.

S'il s'agit d'une personne de situation modeste, il est rare qu'elle ne monte pas rapidement vers le haut de l'échelle sociale, avec le soutien, les encouragements, la confiance d'un partenaire sachant qu'un couple c'est aussi une association où chacun est tenu de faire entièrement confiance à l'autre, de l'aider, de le défendre et d'être toujours prêt à donner le coup de collier nécessaire pour franchir un passage difficile de la vie.

Aucune existence ne se déroule sans à-coups. Il suffit d'être deux, et de s'entendre bien, pour que tout se passe parfaitement et pour qu'une ascension lente et régulière confirme les dons certains des natifs de la Vierge.

Calendrier à l'usage du chapitre de
sainte Aldegonde à Maubeuge,
XIVe siècle.

Chapitre II

Monsieur et madame Vierge devant un natif d'un autre signe

Je vous imagine, chère lectrice, cher lecteur, feuilletant ces pages avec impatience, les parcourant d'un regard avide : n'y a-t-il donc pas le conseil que je cherche ? Vous sentez que votre vie est sur le point de se fixer, qu'un mariage est peut-être en vue pour vous, que cette union est probable, mais un reste de scepticisme vous fait douter encore. « Ha ! pensez-vous, si l'Astrologie pouvait confirmer mes projets. »

Ce chapitre va au-devant de vos désirs. Nous allons y étudier l'attitude et le comportement des natifs et des natives de la Vierge face à un partenaire né sous un autre signe.

Ainsi trouverez-vous ici non seulement le portrait de celui ou celle que vous aimez, mais l'explication de vos réactions. Et dites-vous qu'il n'y a pas de signes incompatibles; il n'y a que des signes à comprendre et à interpréter.

Pour chaque signe du Zodiaque, nous examinerons la femme de la Vierge devant l'homme de l'autre signe et l'homme de la Vierge devant la femme de cet autre signe. Ainsi chacun trouvera-t-il dans ce chapitre les informations qu'il souhaite recevoir, quel que soit le projet d'union qu'il ait formé.

Les causes de heurts, les causes d'incompréhension qui seront signalées ne sont jamais rédhibitoires. Ce sont simplement des points fragiles, pour lesquels on vous donne un amical avertissement; comme en ce bas monde nous portons tous notre part de défauts, cela ne veut pas dire que l'on doive changer de partenaire. Mais, devant l'évidence d'une cause possible d'erreur, de contrariété ou de malentendu, prévenu, on ne se laissera pas surprendre, on ne sera pas dépourvu de défenses, de patience. On évitera de choquer le partenaire, de l'irriter, de lui laisser croire qu'on ne l'aime plus assez pour le comprendre.

En vous évitant les heurts et les problèmes, ce livre facilitera grandement votre vie pratique.

Madame Vierge devant monsieur Vierge

Que sera le mariage entre deux natifs du signe de la Vierge ?

Étant donné ce que nous savons de ce signe, nous imaginons facilement quels en seront les écueils et comment l'un et l'autre des conjoints vont les affronter : en se heurtant, n'en doutons pas.

Tout mariage rencontre des problèmes. Plus tôt on les découvre, mieux cela vaut.

Il vaut mieux apprendre les défauts de son conjoint alors qu'on est encore dans la période du grand amour; on est alors tout disposé à passer sur une foule de détails parce qu'on est dans un état passionnel.

L'amour est en effet le principal palliatif de ces sortes de maux.

Le mariage entre deux personnes nées sous le signe de la Vierge peut devenir quelque chose de terriblement ennuyeux ou bien une aventure merveilleuse et idyllique. Cela dépend de chacun d'eux.

La principale difficulté qui apparaîtra entre deux époux de ce signe viendra justement de leur besoin respectif de perfection. L'un et l'autre, en même temps, passeront la plus grande partie de leurs dialogues à s'informer des goûts, des désirs, du degré de satisfaction du partenaire. Évidemment, tous ces petits soins, toutes ces attentions pourraient créer un climat adorable; mais ne s'en lasse-t-on pas ? Il est possible que, si ni l'un ni l'autre des deux époux ne met un grain de fantaisie — plus ou moins artificiel, mais qu'importe ! — dans la vie quotidienne, leur amour mourra d'ennui.

C'est le seul remède : ajouter de la fantaisie et des rires à vos entretiens posés, graves et sages.

Le mari né sous le signe de la Vierge est un époux aimable et attentionné qui, plus tard, au cours des années, ne cessera pas d'être aimable et attentionné; il travaillera avec régularité pour apporter à la maison des ressources suffisantes et veillera soigneusement à ce que ni sa femme ni leurs enfants ne manquent de rien. Mais il est possible que l'un ou l'autre se demande un jour de mélancolie si c'est bien la vie rêvée et si, du côté sexuel, il n'y a pas une sorte de carence. Entre deux natifs de la Vierge l'amour devient vite une grande affection fraternelle. Deux alliés, deux amis, deux complices, mais deux amants ? Il est probable qu'ils ne le resteront pas assez longtemps à leur gré et que viendra toujours un moment où l'un des deux, parfois tous les deux, se posera la question dangereuse : « Ai-je eu toute ma part d'amour ? »

Question très dangereuse.

Une flamme manque à ce foyer, une étincelle, un grain de passion, un rayon magique magnifiant l'existence.

Tous ces bons sentiments que provoque l'influence du signe zodiacal doivent-ils nécessairement demeurer enclos dans les quatre murs de votre foyer ? Si vous sentez un jour s'immiscer le gris ennui entre vous, peut-être feriez-vous bien, l'un ou l'autre, de découvrir une grande œuvre à soutenir, quelques bienfaits à répandre par le vaste monde. Vous trouverez ainsi, par cette voie détournée, une flamme différente de celle que vous attendiez, mais néanmoins haute et claire, et capable de réchauffer une ambiance jusqu'ici excessivement raisonnable. Ainsi toutes les belles qualités que les époux se découvriront réciproquement seront-elles utilisées généreusement pour leur bonheur et celui des autres.

Monsieur Vierge devant madame Vierge

On a presque tout dit, sur ce couple, quand on a dit que leur manie de perfection pouvait rendre chacun des conjoints insupportable à l'autre. Ils doivent surtout éviter de s'engager dans de néfastes affrontements, que ce soit des joutes de paroles ou tout simplement quelques coups.

Il serait d'ailleurs impossible à un natif de la Vierge de rester bien longtemps dans une atmosphère déplaisante. C'est exactement ce qui le fait fuir. Mais il ne s'en ira qu'à regret et non sans avoir tout tenté pour ramener l'harmonie.

Il faudrait que monsieur Vierge apprenne à faire l'éloge de madame Vierge. Lui qui sait apprécier ce qui est bien, il doit savoir lui dire ce qu'il pense d'elle. S'il donne l'impression d'être heureux, aussitôt sa femme va le devenir; cette joie qu'ils vont se renvoyer de l'un à l'autre sera très précieuse et très importante pour l'avenir de leur couple.

Monsieur Vierge doit également veiller à développer toutes les forces créatrices potentielles de sa femme.

Madame Vierge devant monsieur Bélier

Monsieur Bélier appartient à ce premier signe du Zodiaque où sont contenues toutes les forces créatrices et dynamisantes du printemps. Il est vigoureux, agité, actif, spontané.

Madame Vierge n'aime pas se lancer à la légère et s'accorde un temps de réflexion avant d'entreprendre la moindre activité.

Pourrront-ils s'entendre ?

Monsieur Bélier aime voir des gens, les recevoir, les présenter à sa femme, car il a beaucoup d'admiration pour elle. Il apprécie surtout la manière dont elle dirige sa vie, avec des motifs précis, tandis qu'il se laisse porter par les circonstances. Il admire aussi son intelligence, mais ne tient pas trop à la savoir très cérébrale; il peut, dans un moment de vivacité, lui en faire grief. Doit-elle, pour cela, avoir peur de lui ?

Madame Vierge s'aperçoit tout de suite qu'il adore agir en pionnier, inaugurer, innover et commencer toutes sortes d'entreprises; mais c'est à elle que revient le monotone devoir de les poursuivre et de les mener à bonne fin. Il est possible qu'elle en ait vite assez; alors, il faudra le lui dire, le lui expliquer, pour tenter de continuer à vivre avec lui en paix.

Monsieur Bélier est en général aimé des femmes; il est attirant sexuellement et madame Vierge sera heureuse de l'avoir chez elle, pour elle. La question sexuelle compte beaucoup pour lui. Il apprécie le plaisir physique mené gaillardement plutôt qu'agrémenté de gentils propos et de menues coquetteries.

La minutie de son épouse peut l'irriter et il ne lui facilite pas la tâche quand elle veut mettre de l'ordre dans la maison et dans ses vêtements. Il est possible qu'elle se dise tristement qu'il ne la comprend pas; dans ce cas, qu'elle se souvienne d'une chose : les femmes nées sous le signe de la Vierge ne sont pas faciles à comprendre.

Au contraire, les hommes nés sous le signe du Bélier sont simples, clairs, directs, et ne proposent jamais de tortueuses énigmes à celles qui cherchent à s'expliquer le pourquoi et le comment de leur comportement. Un natif du Bélier est sujet à des sautes d'humeur. Le jour où son patron lui aura fait des ennuis, il aura éprouvé un tel désir de le battre qu'il arrivera à la maison tout excité et très belliqueux. Si elle se trouve sur son passage, sa femme aura peur : c'est dans un tel moment qu'il faut proposer, avec doigté, de tondre la pelouse ou de repeindre un mur... pour que ce cher Bélier puisse extérioriser sa violence...

Monsieur Vierge devant madame Bélier

Monsieur Vierge, qui est un être doux et tranquille, risque d'être parfois un peu inquiet devant le caractère à la fois imprévu et dynamique de madame Bélier. Ce qu'il craint, tout à fait au fond de lui, c'est que cette adorable personne, de sa menotte fine, ne s'empare complètement du psychisme de monsieur Vierge qui, flegmatique, se sent faible et impuissant devant les orages de son épouse. Parfois l'union est longue à se réaliser entre deux partenaires qui pourtant se connaissent bien.

Le signe du Bélier est régi par Mars et celui de la Vierge par Mercure. Ces astres ne sont pas de tout repos. Leur agitation respective peut fort bien inquiéter un esprit habitué au calme. La présence de madame Bélier est toujours stimulante pour monsieur Vierge. Tous deux seront d'accord pour discuter investissements et économies, mais aussi de sujets moins matériels.

L'attitude générale de madame Bélier sera d'amuser monsieur Vierge, de l'intriguer et d'apporter du piment à sa vie; il ne devra pas lui en vouloir si elle ne lui ressemble pas ; elle est toujours en train, toujours décidée, toujours prête à dépenser son énergie pour un tout petit amusement ou pour une grande tâche. Cela agacera un peu monsieur Vierge de la voir consacrer à l'une et à l'autre les mêmes forces et le même enthousiasme. Car elle n'a pas de méthode, elle; elle ne classe pas, elle ne hiérarchise pas. En revanche, elle saura épauler son partenaire et lui donner l'assurance qui, parfois, lui manque.

Madame Vierge devant monsieur Taureau

Madame Vierge ne s'y trompera pas, dès qu'elle fera la connaissance de son monsieur Taureau : elle saura tout de suite que cet homme possède tout ce qu'il faut pour la rendre heureuse.

Cette première impression est-elle la bonne ? Faut-il, au contraire, s'en méfier ?

La première bonne observation concerne la manière dont monsieur Taureau se présente : il a un abord bienveillant et semble éprouver des sentiments pleins de patience. Mais ce que madame Vierge découvrira un peu plus tard ne gâtera rien : si ce monsieur Taureau met un certain temps à se faire une opinion et à prendre une importante décision, elle verra qu'il n'en varie pas, ensuite; comme elle, il apprécie qu'on lui laisse le temps d'observer et de former son opinion avant de donner le oui définitif.

Madame Vierge doit savoir que son mariage a toutes les chances d'être définitif. Un Taureau ne se déplace pas facilement d'un foyer à l'autre et, quand on le possède dans sa vie, il faut le conserver.

Madame Vierge découvrira qu'elle a beaucoup de goûts communs avec son Taureau. Tous les deux sont des conservateurs, aimant la tradition, la musique et les bons livres. Leurs distractions seront de bon goût. L'un et l'autre ont l'amour de la maison confortable et bien tenue; monsieur Taureau pourra faire entièrement confiance à madame Vierge sur ce point; elle sait comment s'y prendre. Mais qu'après cela il ne vienne pas semer le désordre.

Monsieur Taureau appréciera au plus haut point que, de temps en temps, son dîner soit très soigné, et même magnifiquement mijoté, ce que madame Vierge sait faire. Il accompagnera cette cuisine d'une excellente et coûteuse bouteille, ce qui plaira moins à madame Vierge qui ouvrira de grands yeux devant cette dépense somptuaire. Mais il est ainsi et, ces joies secrètes de la vie, il les apprécie exactement comme il jouit d'un concert ou de la vue d'un beau tableau. Monsieur Taureau sait apprécier ce que la vie a de bon.

Le versant négatif de monsieur Taureau est sa jalousie, qui est grande. Il faut cependant que madame Vierge le supporte tel qu'il est; il en vaut la peine et ce n'est pas pour quelques orages que toute la saison sera gâtée. Qu'elle se sente flattée de cette exclusive et ce sentiment la consolera des choses désobligeantes que monsieur Taureau pourrait lui dire dans un moment d'égarement.

Monsieur Vierge devant madame Taureau

Lorsque monsieur Vierge aura décidé de vivre avec madame Taureau, il sentira combien cette présence change sa vie.

Le Taureau influence la partie de l'horoscope de monsieur Vierge relative aux longs voyages, aux grandes idées, aux écrits et publications, et à l'expression de sa philosophie personnelle.

La présence de madame Taureau aidera monsieur Vierge à définir son but, son programme. Mais s'il est question de faire des voyages, madame Taureau résistera, car elle ne les supporte que dans les meilleures conditions.

Il faut que monsieur Vierge s'attende à rencontrer de l'obstination chez madame Taureau mais, comme il est patient, cela pourra s'arranger et tout porte à croire qu'ils auront bien des goûts en commun.

Peut-être des discussions surviendront-elles entre monsieur Vierge et madame Taureau; mais qui n'en a pas ? Il sera si facile de les aplanir. Il faudra que monsieur Vierge accepte de faire quelques concessions, ce qui ne lui coûtera pas beaucoup en regard des multiples qualités de madame Taureau. Qu'il s'attende simplement à devoir se défendre de sa jalousie et tout ira très bien.

Madame Vierge devant monsieur Gémeaux

Le Mercure des Gémeaux apportera de l'animation dans ce mariage entre madame Vierge et monsieur Gémeaux. Cela commence par une première petite contrariété : le Gémeaux souhaite la variété, l'animation, le mouvement. Madame Vierge n'aime rien tant que rester où elle se trouve, ne pas bouger, ne rien changer. Devant la quantité invraisemblable de choses qui passionnent monsieur Gémeaux, madame Vierge en viendra un jour à se demander si ce garçon a parfois de la suite dans les idées. Mais il est si charmant !

Madame Vierge, même quand elle a vingt ans et que monsieur Gémeaux en a trente, a toujours l'impression qu'il est extrêmement jeune et qu'elle a toute la sagesse des vieillards. Aussi le regardera-t-elle souvent avec une indulgence amusée. Mais lorsqu'elle va découvrir qu'il peut courir deux lièvres à la fois, et, en particulier, non seulement suivre deux carrières professionnelles en même temps, mais aimer deux femmes, elle sera beaucoup moins contente.

Pour le garder, il faut que madame Vierge organise soigneusement pour lui un foyer tranquille mais pas ennuyeux et qu'elle donne à leur union une apparence de fermeté, de solidité, qui rassurera ce jeune homme. C'est en lui donnant l'impression qu'il pourra toujours s'appuyer sur elle et retrouver la fermeté et la solidité de son foyer qu'elle le verra revenir chaque fois fidèlement à la maison.

Monsieur Gémeaux apprécie hautement l'amour et les plaisirs physiques. Il considère que cela embellit la vie et lui donne son attrait. Cependant, monsieur Gémeaux n'est jamais dominé par la chair. Il est plus amoureux qu'amant et plus voluptueux que sensuel. Il sait admirablement parler d'amour. Il est adroit dans ses propos, dans ses gestes, dans sa diplomatie amoureuse. Pour conquérir une femme et pour la garder, il est très fort.

Tout cela s'arrête au seuil du cœur. Un Gémeaux n'est pas sentimental. Son amour est intellectuel.

Monsieur Vierge devant madame Gémeaux

La Vierge et les Gémeaux sont tous deux gouvernés par Mercure. Lorsque monsieur Vierge aura rencontré madame Gémeaux, il la reconnaîtra pour lui avoir été prédestinée. Leur planète commune va les entraîner l'un et l'autre dans une existence enthousiasmante dont monsieur Vierge, seul, n'aurait même pas eu la moindre idée. Une petite rivalité se fera jour sur le point de savoir lequel des deux prendra la direction des opérations.

Le signe des Gémeaux agit sur la carrière et le prestige personnel de la Vierge. La présence d'une madame Gémeaux dans la vie de monsieur Vierge changera certainement quelque chose. Lui qui était tout disposé à faire sa carrière dans le même poste se sentira des ailes pour courir en quête d'une situation meilleure, de toutes les informations utiles à connaître pour assurer son avancement ou sa promotion. Cette influence bénéfique de madame Gémeaux naît de sa seule présence.

C'est monsieur Vierge qui sera, dans le couple, l'élément stabilisateur, car madame Gémeaux sera prête à développer vingt projets en même temps.

Il interviendra avec sa bonne et classique logique pour « sérier les questions » et mettre de l'ordre dans ce fourmillement d'idées et de suggestions.

Madame Vierge devant monsieur Cancer

Madame Vierge sera tout d'abord conquise par l'expression de gentillesse et d'amabilité qui caractérise un monsieur Cancer. Il possède de bonnes manières, aime plaisanter avec réserve et bon ton. Il est modeste et se confie volontiers.

Et puis madame Vierge s'apercevra que les émotions, les frémissements, les problèmes affectifs sont la nourriture quotidienne de monsieur Cancer. Elle peut trouver cela tout à fait charmant et le signe d'un bon naturel. Mais elle peut tout aussi bien s'impatienter et considérer qu'il y a autre chose à faire, dans la vie, que se retourner éternellement vers son passé.

Madame Vierge est méthodique, logique et assez froide. Tant d'émotivité va changer pour elle bien des aspects de la vie. Mais elle pourrait bien un jour s'aviser qu'il n'est pas toujours drôle d'avoir affaire à un garçon qui sent les événements plus qu'il ne les perçoit et n'agit que sur les impulsions de ses seuls sentiments.

Il était apparu revêtu d'une cuirasse de sagesse toute masculine; le voici redevenu un enfant timide qui aspire à être compris et pour qui le plus grand désastre est d'être incompris.

Cette curieuse personnalité a des côtés réellement séduisants. D'abord, il faut savoir que monsieur Cancer est un amant adorable. Il est romanesque, attentif, inventif. Il aime profondément plaire et donner du bonheur.

Pour l'attirer et pour le retenir, il faut un intérieur

143

paisible et familial. Il ne lui faut pas trop de nouveautés, il aime tant son passé que l'ancien lui parle certainement un langage qu'il comprend.

L'amour, pour monsieur Cancer, est fait aux trois quarts de prévenances et d'attentions. Il va prendre soin de madame Vierge, qui est si sobre et si solide, comme d'une luxueuse fleur de serre et, si elle tient à lui faire plaisir, madame Vierge le traitera comme s'il était en verre filé. C'est avec ces attitudes douces et délicates qu'ils iront ensemble s'égarer dans les méandres de leur amour.

Ce que madame Vierge doit savoir, c'est que monsieur Cancer n'a pas tellement confiance. Il lui arrive de douter de son amour. Pour le rassurer et pour le détendre, il faudra qu'elle lui dise et lui répète qu'il est un partenaire charmant et plein de valeur et qu'elle ne saurait plus se passer de lui.

Comme il adore sa propre famille, monsieur Cancer reportera son amour sur madame Vierge et ses enfants. Tout le monde se retrouvera uni dans cet immense cœur battant.

Monsieur Vierge devant madame Cancer

La présence de madame Cancer dans la vie de monsieur Vierge apporte des habitudes d'introspection grâce à l'influence de la Lune qui est sa planète dominante. La vie professionnelle et sociale de monsieur Vierge sera avantagée de la présence à son foyer de madame Cancer. Leurs deux signes s'accordent bien.

Madame Cancer se hâtera de présenter à monsieur Vierge de nouveaux amis, de nouvelles idées. Monsieur Vierge, qui n'aime rien tant que le *statu quo*, ne sera pas très ravi à l'idée de voir toujours de nouvelles têtes et encore moins à l'idée de changer son style de vie. Cependant, il faudra qu'il accepte ces modifications s'il veut rester en bons termes avec sa compagne. D'ailleurs, il n'aura pas à le regretter, car madame Cancer lui est bénéfique.

A ses côtés, monsieur Vierge sera moins sombre, moins pessimiste, et il envisagera la vie sous un angle moins ennuyeux.

Ses nouvelles occasions de sortir et de profiter un peu des joies de la vie, c'est à madame Cancer qu'il les devra.

Leur union sera, en somme, très harmonieuse, et d'autant plus agréable pour monsieur Vierge qu'il menait, en célibataire, une existence certainement sans attrait et sans couleur.

Madame Vierge devant monsieur Lion

Le mariage de madame Vierge avec monsieur Lion sera parfait si madame Vierge aime être dominée. Elle y est disposée.

Monsieur Lion est né dominateur; il envisage comme normale une admiration éprouvée sincèrement et clairement exprimée à son égard.

Il y a un cas où monsieur Lion heurtera les habitudes instinctives de madame Vierge; c'est au moment de prendre une décision. Le Lion agit d'abord et se demande ensuite si c'est bien; madame Vierge, qui a une telle habitude de peser longuement le pour et le contre, peut-elle supporter ce style sans protester ? Si elle proteste, cele mettra un peu d'animation dans la maison et c'est tout. Car monsieur Lion décide sans tenir compte des protestations de son entourage. On doit à la vérité d'ajouter qu'en général ledit entourage ne ferait pas mieux et que toutes ces protestations et remarques sont parfaitement inutiles dans la réalité.

Quand monsieur Lion lui fait la cour, madame Vierge n'a qu'à bien se tenir. Il est rapide dans son action et très enjôleur dans ses propos. Elle ne pouvait pas résister et elle ne l'a pas fait.

Que madame Vierge soit son amie ou son épouse, si monsieur Lion a envie de faire l'amour avec elle, il s'élancera irrésistiblement. « Pourquoi attendre, si nous en avons envie dès maintenant, et je sais que je vous plais. » Voilà bien une phrase de Lion.

Marié, monsieur Lion ne change pas d'attitude; il demeure très amoureux de sa femme et devient très généreux envers elle. Ses dépenses en sa faveur sont brillantes et parfois, même, un peu ostentatoires.

Qu'elle en profite bien. Il y a tant de maris qui ne sortent les petits sous que un par un !

Madame Vierge, si elle veut rendre son Lion heureux, devra le flatter et lui dire qu'il est admirable.

Monsieur Lion, pourtant, n'est pas toujours au maximum de sa forme. Tout beau, tout robuste et tout bouillant qu'il soit, il est des jours où, sans être inférieur à lui-même, il est un peu paresseux. Et d'abord il est frileux; il faut lui donner un appartement très chauffé et des vacances au soleil. Et puis, il connaît des passages à vide et nul ne peut plus rien en tirer. Il est ainsi et madame Vierge, si calme, si froide, si régulière, sera bien surprise de la facilité avec laquelle elle pourra s'habituer aux caprices de son Lion.

Monsieur Vierge devant madame Lion

Certains auteurs déclarent que, dans une union Vierge-Lion, l'élément Vierge est trompé par le Lion.

Donc, monsieur Vierge, faites très attention si vous désirez convoler en justes noces avec une dame Lion.

Ajoutons, afin de consoler chacun, qu'une hirondelle ne fait pas le printemps.

Ce qui est certain, c'est que madame Lion est très belle et très charmante et qu'elle a beaucoup de succès. Beaucoup d'éléments militent en faveur d'une union entre Vierge et Lion. La présence du Lion éveille chez le natif de la Vierge le sens de la beauté. Madame Lion va exalter la curiosité naturelle de monsieur Vierge et l'inciter à sortir de ses habitudes. Madame Lion est en mesure d'aider monsieur Vierge dans des activités artistiques. Madame Lion pourra rendre son époux plus audacieux, plus tenté par un changement de profession et d'habitudes. Tout deux « présentent bien » et plaisent à toutes leurs relations. C'est un couple qui, par sa netteté et par la beauté de madame, aura toujours le plus grand succès en société.

Autant en profiter pour mener une existence agréable.

Madame Vierge devant monsieur Balance

L'homme de la Balance est d'un naturel charmant, et il le sait. Dans le flirt il montre beaucoup d'expérience ; il est souvent sincère car il tombe facilement amoureux de la beauté, de l'éclat, de l'esprit. Il lui faut cependant découvrir de l'intelligence derrière un beau visage ; et s'il devient le mari de madame Vierge, il lui demandera de conserver le plus souvent possible sur elle, à la maison, les tenues élégantes et si soignées qu'elle porte à l'extérieur. Il n'apprécie pas du tout les pantoufles molles et les peignoirs bâillants.

Monsieur Balance est plus porté vers l'érotisme que vers la sexualité. Il est doué pour faire l'amour s'il a une partenaire aussi brillante que lui. Il n'apprécierait pas que madame Vierge se déclare fatiguée quand il se sent tout guilleret mais, comme il n'aime pas du tout les scènes, il ne dira rien ; peut-être irait-il porter plus loin ses hommages...

Madame Vierge aura beaucoup de points communs avec monsieur Balance et leur conversation sera abondante et nourrie. Une seule chose troublera peut-être madame Vierge : monsieur Balance accorde beaucoup de son attention à ses amis, ses associés et madame Vierge pourrait s'en trouver contrariée.

Le signe de la Balance influence chez la Vierge la Maison relative à l'argent. D'autre part, monsieur Balance apprendra à madame Vierge le goût des objets d'art et des belles choses. Il semble que ces deux éléments soient capables de donner à la vie une nouvelle couleur lorsque monsieur Balance y pénètre.

Le sens pratique ne sera pas exclu du couple Vierge-Balance à cause de la présence de Mercure comme planète gouvernant la Balance. Le couple fera peut-être quelques tractations profitables ou des achats intéressants. Les fantaisies auxquelles monsieur Balance aimera se livrer, car il ne tient pas à une existence monotone, exaspéreront parfois madame Vierge, mais monsieur Balance est une personne qui sait admirablement se faire pardonner.

Il éprouvera la patience de madame Vierge et son sang-froid lorsqu'il se laissera aller à l'indécision qui le caractérise. Madame Vierge, qui sait toujours à l'avance ce qu'elle fera et comment elle le fera, ne peut pas imaginer que l'on hésite, que l'on tergiverse quand il est question de prendre une décision. C'est une épreuve qu'elle subira difficilement. Il est possible qu'elle en fasse le reproche à monsieur Balance qui, se sachant ou se croyant fort capable de prendre ses décisions en temps utile, ne saisira pas le motif de la scène...

Monsieur Vierge devant madame Balance

Madame Balance, où qu'elle se trouve, est toujours la femme la plus brillante, la mieux habillée, la plus élégante. Aussi, lorsque monsieur Vierge deviendra amoureux d'elle, il sera très intimidé et se demandera longtemps s'il est opportun de faire sa cour à une personne aussi entourée et admirée.

Et puis il s'apercevra que madame Balance est comme tout le monde et qu'elle a un cœur capable de s'éprendre de lui.

Madame Balance a des tendances artistiques et elle aime agir selon l'inspiration du moment. C'est à monsieur Vierge qu'incombera le rôle de mettre de l'ordre et de la méthode dans les diverses activités de leur couple.

Monsieur Vierge ne sera peut-être pas tout à fait ravi de la manière dont madame Balance tient la maison. Lui qui est si méticuleux se demandera comment elle s'y retrouve. Mais il sait tout de suite que, dans les occasions où la maison doit être brillante, madame Balance se surpasse tout d'un coup. Elle réalise alors des prodiges, non seulement d'ordre et de propreté, mais aussi de fantaisie et de charme.

Madame Vierge devant monsieur Scorpion

Les natifs du Scorpion ont à peu près tous un grand charme; ils sont très attirants. Madame Vierge cédera facilement à leur magnétisme et elle se demandera, après, comment cela est arrivé. Ce sera peut-être, de part et d'autre, un vrai coup de foudre et ils se demanderont si leur amour est susceptible de durer. Et puis, petit à petit, le temps sera la preuve de l'amour.

Monsieur Scorpion adore prendre le commandement. Madame Vierge découvrira ce caractère autoritaire juste un peu trop tard pour réagir. De son côté, monsieur Scorpion ne pourra pas concevoir que madame Vierge n'enfourche pas de grands chevaux pour la même cause que lui...

En dehors de ces questions d'opinion et de parti à prendre, il est fort possible que le couple Vierge-

Scorpion puisse envisager une existence conjugale très réussie.

Monsieur Scorpion attache une certaine importance à l'acte sexuel et tient à ce que les relations avec sa femme soient réalisées pour le plus grand plaisir de chacun d'entre eux. Il sait prendre son plaisir et, tout aussi bien, sait en donner à sa partenaire.

Monsieur Scorpion considère l'acte sexuel comme une autre démonstration de sa puissance. Il est le mâle et désire prendre les initiatives. Cependant, ce qui sauve madame Vierge, c'est que seule une femme profondément satisfaite peut lui procurer le sentiment confortable et plaisant qu'il a vaincu toute timidité ou toute répugnance chez elle. Qu'il a supprimé en elle ses inhibitions et a passé outre à ses appréhensions, car il lui a montré la sexualité sous un jour nouveau.

Il met dans l'amour physique beaucoup de confiance et pense que son talent sur ce point lui fait beaucoup pardonner, car il se connaît des faiblesses.

Comme tous les timides et comme les êtres compliqués, monsieur Scorpion craint par-dessus tout le ridicule. Aussi, madame Vierge devra-t-elle éviter toute expression ironique si elle ne veut pas l'ulcérer et même le blesser gravement. Son caractère secret lui permet de réussir à faire des choses les plus simples de mystérieux imbroglios. Mais il est très facile de l'intéresser; madame Vierge saura l'attirer vers les problèmes psychologiques des autres. Elle l'intéressera aux grandes questions métaphysiques, et tous deux passeront des heures bien agréables dans de telles conversations.

Monsieur Vierge devant madame Scorpion

La planète qui gouverne le signe du Scorpion est Pluton. Lorsque Pluton va s'unir à Mercure, qui est la planète de la Vierge, cela favorisera leurs ambitions. En principe celles de monsieur Vierge, car madame Scorpion va se borner à encourager son mari, ne demandant généralement rien pour elle.

Monsieur Vierge se trouvera en parfaite harmonie avec madame Scorpion et, ensemble, il se feront beaucoup d'amis et ces derniers estimeront devoir les prendre pour confidents. Il est ainsi des gens qui attirent les confessions et auxquels les gens viennent demander conseil dès qu'ils ont des problèmes à résoudre.

Ainsi un tel couple aura du succès comme consultant et comme conseiller; cela pourrait leur procurer une existence assez exaltante. Cependant, les énergies de ce couple ne seront-elles pas trop dispersées ?

C'est contre cet éparpillement que monsieur Vierge devra s'efforcer de lutter afin de se préserver et de préserver sa femme contre l'épuisement psychique qui ne manque jamais de suivre un surmenage de cet ordre.

Monsieur Vierge considérera madame Scorpion comme celle qui réveille, qui anime, qui apporte un air neuf.

Madame Vierge devant monsieur Sagittaire

Le Sagittaire est ardent, libéral, énergique, vivace, mais aussi indépendant.

Dès que madame Vierge aura rencontré plusieurs fois monsieur Sagittaire et dès qu'un flirt aura commencé entre eux, cette indépendance souffrira, car madame Vierge est un peu exclusive dans son amour. Elle aime que l'homme qu'elle aime soit à elle

151

et à elle seule. Monsieur Sagittaire s'en trouvera un peu blessé. Il tient à rester libre et c'est lui, et lui seul, qui doit décider s'il se réserve à madame Vierge ou s'il continue de butiner toutes les fleurs.

Pour tenter de garder monsieur Sagittaire, il n'y a qu'une seule méthode : s'informer de ce qui l'intéresse et s'y intéresser aussi. En attendant de partager le même foyer, vous vous habituerez l'un à l'autre en vous occupant des mêmes questions.

Monsieur Sagittaire est un penseur. Il aime reconsidérer à loisir toutes les choses qui l'ont intéressé et les creuser. Il aime découvrir. Aussi adore-t-il connaître de plus en plus de charmantes personnes...

Monsieur Sagittaire, s'il est vraiment cultivé, traitera madame Vierge en égale, à tous égards. En particulier dans le domaine sexuel. Il est d'un naturel ardent et il aime l'amour. Il souhaitera que madame Vierge désire sa jouissance avec l'emportement qu'il met à la désirer. Il tient à ce que ses plaisirs ne soient pas les siens, mais les leurs à tous les deux. De plus, il est très intuitif et il sait si sa partenaire est satisfaite ou si elle ne l'est pas. C'est donc un compagnon qui a de précieuses qualités.

De plus, c'est un homme qui a de la chance. Comme il a tendance à agir selon ses impulsions, suivant son extravagance, et avec une mobilité constante, madame Vierge, toujours appliquée et minutieuse, croira qu'il piétine à tort et à travers et qu'il risque de tout gâcher par ses imprudences.

Or il n'en est rien. Sa chance insolente se manifeste contre toutes les prévisions : en général, il a raison et ce qu'il a accompli avec cette prétendue précipitation n'est pas plus un échec que s'il y avait réfléchi pendant dix jours.

Ainsi monsieur Sagittaire va-t-il apporter dans la vie de madame Vierge beaucoup d'agrément, d'imprévu, de charme et de variété.

Monsieur Vierge devant madame Sagittaire

La présence de madame Sagittaire dans la vie de monsieur Vierge apporte un sens de la discipline et surtout un régime de restrictions décidées et consenties d'un commun accord. Monsieur Vierge aura l'impression d'être l'élève de madame Sagittaire qui lui impose un emploi du temps et des règles.

Le Sagittaire influe sur la partie de l'horoscope de la Vierge relative au temps, au foyer, à la sécurité, aux projets à longue échéance. Ce qui, dans la vie courante, n'ira pas sans susciter des obstacles. La planète du Sagittaire étant Jupiter, on remarque une notion d'autorité dans ce signe. La planète de la Vierge étant Mercure, la réunion des deux influences peut être très stimulante.

Mais c'est une union difficile à réaliser. Il semble qu'un personnage, important dans la vie de monsieur Vierge, cherche à s'y opposer. Un personnage ou une inhibition.

En général, les choses se passent ainsi : un natif du Sagittaire met le natif de la Vierge en opposition avec sa famille et c'est là qu'il faut chercher la source des problèmes.

Monsieur Vierge aura longtemps l'impression d'être retenu en prison par madame Sagittaire, mais, grâce à leur amour, les choses s'arrangeront.

Une telle union, si elle était faite de sang-froid et sans un côté romanesque, ne serait pas à conseiller.

Madame Vierge devant monsieur Capricorne

Bien qu'il n'extériorise pas beaucoup ses sentiments, monsieur Capricorne est un être plein de charme, de réserve, de grandeur, auquel madame Vierge pourrait céder dans un élan de passion un jour de tristesse et de découragement. Il n'est pas étincelant d'esprit et pétillant de boutades; il est sérieux, concentré, volontiers silencieux, doux et très tendre.

Il a de l'esprit, mais il faut l'encourager à le montrer; son âme est belle et la grandeur de ses sentiments n'est plus à démontrer. Dans la vie quotidienne, ce ne sont pas les qualités qu'une femme aimerait choisir mais, si elle le fait, elle aura dans sa maison un être de grande valeur.

Il faut savoir, avant de fixer son choix, que monsieur Capricorne est très ambitieux et qu'il sait parfaitement bien ce qu'il vaut. Il est fermement décidé à travailler « d'arrache-pied » pour obtenir la situation qu'il sait mériter; si madame Vierge regrette de ne pas suffisamment le voir, si, lorsqu'il est à la maison, il n'a pas l'esprit assez libre pour le marivaudage, qu'elle se console : il travaille pour améliorer le standing du foyer.

Madame Vierge trouvera de sérieuses compensations dans les bras de monsieur Capricorne.

Monsieur Capricorne a de longs moments de silence inexpliqués; est-ce de la méditation, de la fatigue, du découragement ? Il ne le dit pas.

Madame Vierge devra alors le réconforter, le choyer et ne pas poser de questions. Et puis elle connaît un excellent moyen pour changer le cours de ses pensées : l'amour. Car monsieur Capricorne adore faire l'amour et il le fait très bien. L'amour physique éloigne ses pensées trop graves, c'est la marque de sa vitalité, c'est une ambiance de détente joyeuse où enfin il se montre lui-même, divers, gai, fantaisiste, passionné, brillant.

Monsieur Capricorne considère l'amour physique comme un excellent exercice, une occupation divertissante, un dérivatif, une détente. Il faut que cela se passe dans la joie, dans le confort, ou dans la nature, si le paysage est beau, en voyage ou à la maison, mais que madame Vierge ne se méprenne pas : si monsieur

Capricorne la trompe, ce sera simplement comme on change de partenaire au tennis.

Monsieur Vierge devant madame Capricorne

Dès que monsieur Vierge a rencontré madame Capricorne, il a été attiré vers elle physiquement. C'est que les natifs du Capricorne adorent l'amour physique et que cela se devine.

Un petit obstacle : le Capricorne est gouverné par Saturne (ralentissements, inhibitions, silences et secrets). La Vierge est gouvernée par Mercure (communication, mouvements, vivacité). Il ne peut pas y avoir accord parfait et, ce qui arrivera peut-être, c'est que madame Capricorne, en silence et sans rien exprimer de ses impressions profondes, ira de temps à autre quérir ailleurs ce qu'elle ne trouvera pas chez elle.

Évidemment, c'est grave si cela va jusqu'à tromper monsieur Vierge; cela le sera moins si ces écarts se limitent à des confidences, à des entretiens amicaux, bien que monsieur Vierge ne puisse jamais être sûr de la limite.

En fait, madame Capricorne aimerait voir monsieur Vierge travailler tout autant qu'il le fait mais sur un plan plus ambitieux et moins résigné; elle aimerait qu'il soit plus passionné au lit. Elle aimerait bien des modifications et elle n'en parle pas. Elle s'enferme dans de longues heures de silence, ne pouvant pas exprimer le bouillonnement intérieur qui l'agite sans qu'il y paraisse rien. Et monsieur Vierge en sera réduit à se poser des questions qui resteront définitivement sans réponse.

Madame Vierge devant monsieur Verseau

Il y a entre madame Vierge et monsieur Verseau des points communs qui entrent en rivalité et des divergences qui installent une grande distance.

Madame Vierge est toujours désireuse d'améliorations pour elle-même et son univers personnel : la maison, ceux qu'elle aime. C'est tout. Monsieur Verseau est, lui aussi, désireux d'un meilleur sort; mais ce désir ne saurait se limiter à lui-même, voire aux siens. Les améliorations, pour être réelles, doivent concerner le monde entier. Simplement. Monsieur Verseau est de ceux qui militeront contre la faim dans le monde avant de se demander s'il y a quelque chose dans leur propre marmite.

Dans l'union de madame Vierge et de monsieur Verseau, ce dernier fait une bonne affaire puisque madame Vierge s'occupe si bien de la maison et de la famille, que monsieur Verseau peut, la conscience en paix, se tourner vers le reste de l'humanité. Mais la nature humaine est ainsi faite que madame Vierge voudrait bien que monsieur Verseau reste près des siens. De là quelques possibilités de dissentiments.

Mais on sait que l'amour arrange bien des choses.

Madame Vierge est collectionneuse : elle orne sa maison de belles choses qu'elle sait réunir. Monsieur Verseau n'attache pas une telle importance au décor.

Monsieur Verseau, dans une certaine mesure, pourrait être considéré comme introverti en ce sens qu'il observe le développement de ses propres sentiments comme s'il étudiait la vie des termites. Il a un style de vie assez curieux, irrégulier, uniquement dirigé par ses pensées du moment. Mais on l'écoute avec intérêt. Il a beaucoup de choses à dire et il sait mettre dans les dialogues amoureux une nuance de camaraderie intellectuelle qui vous rajeunit chaque jour et qui vous étonne sans cesse. Avec lui pas d'ornière, pas d'habitudes, pas de manies; tout est toujours imprévu.

Il se peut qu'à la fin on se lasse de ces éternelles nouveautés mais, si la tendresse est venue à temps relayer l'amour, les choses resteront ce qu'elles sont et le couple Vierge-Verseau fera sa belle et bonne route; l'un et l'autre se modifiant imperceptiblement juste ce qu'il faut pour être supportables, mais madame Vierge demeurera sagement soumise à monsieur Verseau.

Monsieur Vierge devant madame Verseau

Monsieur Vierge, toujours en quête de perfection, la cherchera dans madame Verseau. Ce signe est gouverné par la planète Uranus. Unie à la planète Mercure gouvernant la Vierge, madame Verseau apportera une note de fantastique à toutes les initiatives du couple.

Sa présence dans la vie de monsieur Vierge apportera un changement assez radical. Elle souhaitera tout raser pour tout reconstruire autrement. Là se posent quelques questions pratiques qu'il faudra bien résoudre et quelques obstacles avec lesquels il faudra bien composer. Tout n'est pas simple, dans la vie quotidienne moderne.

Il est possible que madame Verseau fasse preuve de jalousie. Il est possible que monsieur Vierge, excédé par ces manifestations d'exclusivité, se sente provoqué et justifie un jour les critiques qu'il reçoit. Madame Verseau peut faire un éclat; le couple peut se briser.

Pour l'éviter, il faudra créer un climat de grande tendresse, d'amitié, en même temps que d'amour, et laisser le partenaire vivre à sa guise sans le contrôler.

Madame Vierge devant monsieur Poissons

Le signe des Poissons se trouve placé exactement à l'opposé de celui de la Vierge sur le cercle du Zodiaque.

Si madame Vierge se sent devenir amoureuse d'un natif des Poissons, elle devra faire très attention à ce qui va suivre.

Monsieur Poissons est un amoureux plein de charme et très fascinant. Il est excessivement intuitif et un sixième sens lui indique toujours l'humeur et l'état d'esprit de son interlocuteur, plus encore quand il s'agit d'une femme et d'un flirt. Ainsi saura-t-il très vite les moments où madame Vierge est dans de bonnes dispositions pour l'écouter et s'effacera-t-il lorsqu'on n'a pas envie de le voir. Il devine les moments où il faut être distrayant et quelle est l'heure favorable aux doux entretiens amoureux.

Très adaptable, monsieur Poissons prendra le visage que lui souhaite madame Vierge. Mais, dans la vie conjugale, monsieur Poissons ne se laissera pas facilement déchiffrer; plus il sentira que l'on tente de le deviner, plus il se transformera. Non qu'il veuille intriguer, mais il tient à conserver un jardin secret où nul ne pénètre.

Un inconvénient peut survenir : il est possible, en effet, que madame Vierge montre trop de sens pratique et que monsieur Poissons s'en effarouche, ne désirant pas se voir contraint à une existence terre à terre et trop réglementée. Alors, il se retirera, restant physiquement présent, dans le meilleur des cas, car il pourrait tout aussi bien s'en aller et se réfugier parmi ses livres, ses occupations personnelles dont il cessera brusquement de parler. Car monsieur Poissons possède au plus haut degré la faculté de se modifier.

En apparence il vivra comme tout le monde, mais ce n'est pas le meilleur côté de sa personnalité; ce qu'il possède de mieux, de plus élevé, il le cachera jusqu'au jour où il produira quelque chose de grand, de beau, de sensationnel, et où il étonnera beaucoup sa compagne.

Monsieur Poissons n'a pas le sens du temps qui passe et, s'il oublie une date, un rendez-vous, qu'on ne lui en veuille pas; il ne souhaitera peut-être pas les anniversaires, mais il saura, à toute autre date, faire d'adorables cadeaux.

Dans tous les cas, il est aimant, affectueux, tendre et doté d'un sixième sens très intuitif.

Monsieur Vierge devant madame Poissons

Monsieur Vierge est certainement attiré par madame Poissons, non seulement parce qu'il la trouve charmante, mais peut-être aussi parce que, dans son horoscope, le signe des Poissons habite la Maison du mariage et des associations. Toutefois, cette association met en présence Neptune pour les Poissons et Mercure pour la Vierge. Le résultat de la rencontre, ce sont de longs voyages en mer...

Les méthodes de monsieur Vierge sont radicalement opposées à celles de madame Poissons. Exactement comme le signe de la Vierge, sur le cercle du Zodiaque, est à l'opposé de celui des Poissons. Cette différence entre eux entraînera chez monsieur Vierge des efforts d'imagination.

Précisons qu'il y aura de part et d'autres beaucoup de concessions à faire pour que les deux natures s'accordent, mais c'est un effort toujours possible, pourvu que chacun fasse la moitié du chemin vers l'autre. C'est en général ce qui se passe et, dans ce cas, chacun n'aura qu'à se louer des points de vue nouveaux que lui apporte l'autre.

Chapitre III

Monsieur et Madame Vierge
devant la vie

Nous avons étudié le symbolisme du signe zodiacal de la Vierge : été, moissons, réserves que l'on rentre et que l'on engrange pour les distribuer ensuite; ce symbolisme étant étroitement lié à la religion de la Terre-Mère, que les Grecs anciens honoraient sous le nom de Déméter.

Nous avons vu la position de ce signe sur le Zodiaque et comment il est le plus précis, le plus minutieux, le plus calculateur, car il s'oppose diamétralement au signe des Poissons, qui est le plus diffus, le plus rêveur, le plus doué pour l'imprécision.

Nous venons de voir quelles sont les chances de bonheur des natifs de ce signe dans la vie, sur le plan affectif, le plan sentimental et dans la vie sexuelle et conjugale.

Il nous reste à tenter de définir quelles sont les chances des natifs de la Vierge dans la vie en général. Quelles sont leurs forces, quelles sont leurs faiblesses. Ce sujet a été effleuré lorque nous avons envisagé leurs chances professionnelles. Mais les années qui viennent leur réservent-elles de grands succès ?

Autrement dit, quel sera le destin des natifs de ce signe et que peuvent-ils faire pour l'améliorer le plus possible ?

Pour dominer son destin et ne pas se laisser porter par le cours de la vie, il faut savoir de quels éléments on dispose pour organiser sa lutte personnelle contre l'adversité.

La Dame à la licorne, *par Gustave Moreau*
(musée Gustave Moreau).

La force des natifs de la Vierge

Les natifs de la Vierge ne manifestent pas beaucoup leurs pensées, leurs impressions et leurs sentiments. On les connaît peu. En général, on les suppose timides. Le sont-ils réellement ou bien dédaignent-ils de faire part de leurs pensées à un entourage qui ne les comprendrait pas ?

Lorsqu'on observe à quel point les natifs de la Vierge soignent leur aspect extérieur, avec quel soin ils s'habillent, se lavent ou se coiffent, leur goût de la rigueur vestimentaire n'indique aucune timidité. Pas d'éclat, c'est vrai, mais une sobre réserve. Les natifs de la Vierge ne sont pas timides.

Un autre élément de jugement, c'est le geste. Le natif de la Vierge a une démarche droite, régulière, posée, calme; un pas assuré. Il s'agit donc d'une personnalité qui se connaît, qui s'évalue exactement et qui est disposée à occuper la place qu'elle mérite, sans plus. Cela n'est pas la marque de la timidité, au contraire; c'est l'attitude de quelqu'un d'assuré. Cette tranquillité froide et mesurée est une grande force.

Cette assurance, cette régularité dans les habitudes constituent un des éléments de la force du type Vierge. C'est aussi le cas de son intelligence.

Le natif de la Vierge est un observateur minutieux; il est très attentif et ne laisse échapper aucun détail du dépouillement analytique des faits dont il a une habitude innée. Même dans les milieux les plus simples, les natifs de ce signe font preuve de ces dons. Cela n'est pas une acquisition de la culture scolaire. Ayant, au fond de soi, le désir de regarder la vie plutôt que d'y participer, le natif de la Vierge dispose d'une objectivité et d'un sens critique que les influences affectives n'entament pas. Si les autres ont fortement tendance à voir les choses ou bien comme ils les souhaitent, ou bien comme ils les craignent, le Vierge les voit comme elles sont, pour la bonne raison qu'il ne formule tacitement ni souhait ni crainte. C'est l'objectivité pure et simple. Dans un siècle où domine la technique, cette objectivité constitue une grande force.

Enfin, le natif de la Vierge n'est pas intuitif ; il procède par analyse, allant du particulier au général et se guidant uniquement sur la logique.

Les faiblesses des natifs de la Vierge

On ne tarirait pas sur la force d'une telle intelligence mais, comme toute médaille a son revers et comme nul d'entre nous n'est parfait, sans doute serait-il utile d'envisager maintenant les faiblesses des natifs de ce signe, car il y aura certainement un moyen de les compenser.

La minutie des observations du Vierge peut, dans certains cas, devenir excessive. Un Vierge a toutes les dispositions qu'il faut pour être un excellent élève à l'école et ensuite à l'université. Il pourra devenir très érudit, quelle que soit la branche d'enseignement qui a sa préférence. Il tiendra toujours un des premiers rangs. Mais que fera-t-il de ses diplômes, mis à part des carrières d'enseignant, qui semblent faites pour lui ?

Il court le risque de voir les choses sous un angle trop étroit, de porter des œillères et de s'en tenir à ses seuls diplômes. Il court le risque de ne pas saisir intimement le lien qui unit les choses. Il va collectionner des informations séparées, et il ne saura pas les associer pour en déduire des conclusions personnelles. Il veut rester sur le terrain ferme que d'autres ont préparé; nous l'avons déjà remarqué, il n'invente pas; tout au plus peut-il perfectionner une invention.

Quel que soit le niveau de sa culture, il refusera de se lancer dans les vastes questions qui laissent une grande liberté. Au natif de la Vierge, il faut un rationalisme rigoureux et précis. Pas d'envolées, pas de rêve, pas d'improvisation. C'est une de ses faiblesses.

Il n'aura pas grand mal à s'en corriger. Qu'il lui suffise de faire connaissance avec la pensée de certains grands savants qui n'ont pas hésité, après avoir consigné des expériences exactes et précises, à faire œuvre d'imagination pour tenter une approche de quelque chose de neuf, de jamais vu, de jamais dit. Par exemple, Jean Rostand ou Alexis Carrel.

Une autre faiblesse des natifs de la Vierge réside dans leur santé. Ce ne sont pas des natures robustes.

Le natif de la Vierge a une santé dont il rencontre très vite les limites. Il s'en défend en repérant ses points critiques et en leur consacrant un maximum de cette attention intelligente et minutieuse dont il est toujours capable. Il sait parfaitement bien interpréter ses moindres malaises et peut ainsi éviter de les laisser s'aggraver.

La tendance du natif de la Vierge devant des troubles de santé paraît être de croire que ces troubles sont une sanction directe d'erreurs de son comportement.

Un inventeur de régimes

Il se trouve que la plupart des ennuis de santé qui troublent l'existence des natifs de la Vierge sont en étroit rapport avec l'appareil digestif.

Comme il s'agit d'une personnalité qui observe, qui raisonne avec logique et qui agit avec méthode, le Vierge trouvera lui-même remède à ses maux. Il sait toujours quelle faute il a commise. C'est généralement un problème d'hygiène simple ou de diététique. Car le natif de la Vierge apprécie les biens de la terre et, comme il sait ranger des provisions en vue des périodes de carence, il sait aussi bien, dans notre civilisation où l'on ne s'occupe plus guère soi-même de

164

prévoir la « soudure du blé », apprécier un repas gastronomique. C'est en général cela qu'il va payer peu après par des ennuis de santé. Il raisonnera alors et se mettra au régime. Et on peut lui faire confiance pour cela, il sait très bien l'équilibrer et l'appliquer.

Nous avons eu l'occasion de dire, cependant, que le Vierge était un économe qui, brusquement, se lance dans la dépense de tout son bien. En matière alimentaire, il va agir de la même façon. Après avoir fait des réserves de santé par une sobriété à toute épreuve, on le voit parfois entreprendre des « voyages » gastronomiques au cours desquels il va réellement provoquer la maladie...

Il se fait du mauvais sang

Une grande faiblesse du natif de la Vierge réside dans son hypernervosité qui, bien qu'il en dissimule très bien les mouvements, affecte son organisme.

Sa susceptibilité nerveuse ne se traduit pas par des expressions changeantes, mais, au contraire, par un manque d'expressions : ce sont des inhibitions. Il en résulte des malaises nés de resserrements digestifs et intestinaux contre lesquels la médecine et la pharmacopée ne peuvent pas grand-chose. Il le sait très bien et c'est justement dans de tels cas qu'il sait se mettre au régime qu'il sait lui convenir.

Sur le plan sexuel, le Vierge subit de semblables inhibitions.

On se trouve donc devant un individu qui n'a pas une bonne santé et qui se fatigue vite. Sa fatigue a sa source dans une succession rapide de périodes de dépression et de surexcitation.

Il sait fort bien que la médication la plus judicieuse, pour lui, consiste à n'user que très modérément des médicaments et à envisager le meilleur moyen d'économiser ses forces nerveuses. C'est par une accumulation de menus détails raisonnables et bien conçus qu'il pourra se maintenir dans un état de santé à peu près correct.

Savoir s'orienter

Le signe de la Vierge est gouverné par Mercure. Ce grand protecteur apporte aux natifs de la Vierge un sens logique, le goût des contacts humains, de la conversation, des écrits, de la réflexion intellectuelle et aussi de l'ironie.

Ainsi marqué par Mercure, ce signe est celui de la cérébralité sous toutes ses formes : on n'agit que si le cerveau est d'accord. Les émotions, qu'elles soient sentimentales ou sexuelles, sont sous le contrôle de la pensée. Le sujet analyse et discute ses propres impulsions. Il se raisonne, il se justifie ou non, mais il s'explique. Quand on le sent troublé, c'est qu'il y a eu en lui un mouvement instinctif qu'il n'a pas compris. Quels que soient, en effet, son intelligence et son niveau d'instruction, il a le besoin de tout expliquer et tout doit obéir à une certaine logique; en amour comme dans tous les moments de la vie.

Le signe de la Vierge étant un signe de Terre, le natif appréciera les biens matériels. Doué pour rassembler, stocker, surveiller et gérer, le Vierge va faire une sorte de transfert de ces tendances dans le domaine de l'affection, des amitiés et surtout de l'amour. C'est un être qui se révèle possessif, ce qui se traduit par une irrépressible jalousie.

Qui aime est toujours un peu jaloux. L'amour le plus pur, celui qui a été le plus exalté, celui d'une mère, connaît aussi la jalousie.

Ce sentiment taraude le cœur des natifs de la Vierge et adopte les formes les plus compliquées. Cela est dû à leur besoin de tout expliquer et à leur

---

Mercure. Bois gravé, Allemagne, XVᵉ siècle.

complexe d'infériorité, qui sont deux éléments complémentaires.

Le perfectionnisme n'atteint jamais, selon lui, l'état parfait; donc il est critiquable; donc il se sent en état d'infériorité.

Au cours d'un voyage organisé, une jeune fille du style girl-scout ou éclaireuse, vêtue de façon sportive, déclara un jour à une autre fille du même âge mais d'un style plus banal, avec petite robe fleurie et sandales coquettes :

— Je ne sais pas comment vous vous arrangez pour être toujours impeccable ! Avec les tribulations du voyage, je sens toujours mes vêtements poussiéreux et froissés.

C'était un raisonnement typique de natif de la Vierge.

Ces traits peuvent aider le sujet à choisir son mode de vie. Il doit pouvoir prendre soin de lui : de son aspect extérieur, de sa santé, de son attitude envers les autres. Faute de quoi il se sentira toujours « coincé » par quelque problème plus ou moins réel. D'autre part, son partenaire, son conjoint, devra penser à cette attitude constructive et ne pas la souligner, encore moins la critiquer.

Aussi a-t-on tenté d'évaluer avec une certaine précision les différences qui naissent, s'accentuent et diminuent ensuite, entre un signe et ceux qui le précèdent et le suivent. De plus, au cours de ces trente jours du signe, le ciel change; il y a deux sortes de modifications : celles qui se reproduisent annuellement selon la même ligne; celles qui apparaissent chaque année; ces dernières sont directement liées à la date de naissance du sujet; nous ne pouvons pas en parler ici, notre propos étant plus général. Mais les premières doivent être signalées, ne fût-ce qu'assez sommairement.

Nous considérerons donc :
● Les dates limites.
● Les décans.

J'appellerai « dates limite » du signe les trois premiers jours et les trois derniers jours de ce signe.

Il est évident que, pendant les dates limites, les signes immédiatement voisins ont une légère influence sur les natifs du signe considéré.

Les dates limites de la Vierge

(Si votre anniversaire n'est pas une date limite, ce paragraphe ne vous concerne pas.)

Si l'anniversaire est entre le 23 et le 26 août

Vous êtes né sous le signe de la Vierge, avec des tendances Lion. Vos planètes sont Mercure et le Soleil. Cette date favorise la bonté, l'optimisme, un succès exceptionnel dans tout ce que les natifs entreprennent. Ils ont du bon sens, de l'humour et de nombreux talents. Ils sont loyaux et généreux. S'ils ont des revers financiers, ils parviendront toujours à remonter le courant.

Ils sont très persévérants et c'est par là qu'ils arrivent à réaliser leurs projets. S'ils ont un temps la tentation de choisir la solution de facilité, ils savent réagir contre cette mauvaise habitude. Ils critiquent facilement les autres et se fâchent quand on plaisante à leur sujet.

Si l'anniversaire est entre le 19 et le 22 septembre

Les sujets de cette période naissent Vierge, mais avec des tendances Balance. Leurs planètes sont Mercure et Vénus. Cela indique qu'ils ont beaucoup d'idées mais qu'il leur manque les moyens qui leur permettraient de les réaliser. Ils sont bons et intelligents et feront tout pour donner une bonne impression autour d'eux, mais pour leurs proches ils ne feront parfois aucun effort. Ils sont sentimentaux et d'une grande loyauté. Leurs dons pour les arts et la littérature s'avèrent sérieux. Ils savent tirer la leçon des faits et ne commettent jamais deux fois la même erreur. Ils prennent toutes les informations utiles avant de se lancer dans une entreprise et c'est ainsi qu'ils réussissent.

Les décans de la Vierge

Si l'anniversaire est entre le 23 et le 31 août

Votre planète personnelle est Mercure. C'est le symbole de la connaissance et du savoir. Il gouverne la partie rationnelle de l'esprit et implique une personnalité alerte, ingénieuse, intellectuelle, studieuse et forte. Il favorise l'éclosion d'une nature curieuse, intrigante, insouciante, rusée, radicale, imitative, paresseuse, oublieuse et expansive.

Si l'anniversaire est entre le premier et le 11 septembre

La planète personnelle des natifs de ce décan est Saturne, connu comme le symbole du temps. Elle est restrictive dans son influence; elle gouverne les tendances méditatives et pensives et elle tend à rendre ses sujets soigneux, patients, considérés. Saturne favorise surtout les affaires concrètes. Son pouvoir se résume en ces quelques mots : stabilité, endurance, ténacité, persévérance. Le sujet réalisera des gains avec des méthodes d'économie et des investissements soigneux.

Si l'anniversaire est entre le 12 et le 22 septembre

La planète personnelle est Vénus, connue comme le symbole de la beauté, et qui procure la constance dans les affections. Les natifs de ce décan sont sensibles, généreux, harmonieux, doués pour les arts, avec un esprit équilibré, et capables d'avoir sur la vie un point de vue sans passion.

Ces natifs, grâce à leur logique, sont capables d'estimer un problème sous ses aspects les plus différents. Les éloges les encouragent à développer les tendances les plus positives de leur nature. Vénus leur donne la générosité.

Les degrés de la Vierge

23 août. Nature romantique, idéaliste, rêveuse. Parfois un point de vue trop personnel éloigne les amitiés. Aiment la compagnie des gens plus fortunés. Éviter de négliger les vieux amis sincères.

24 août. Esprit plein de ressources et bonne capacité de réalisation. Désir marqué de réussir, qui entraîne au travail, pour le meilleur comme pour le pire, indifféremment. Apprenez à faire toujours la discrimination entre le bon et le mauvais. Une éducation libérale est un facteur de réussite pour ces natifs.

25 août. Sensible, impressionnable, réservé. Tendance à trop dépendre des autres, pour leur aide et leur avis. Souvent, richesse par le mariage. Intérêt pour la politique, le droit, les activités humanitaires.

26 août. Nature sérieuse, avide, avec de fortes capacités intellectuelles. Esprit profond et pratique. Sens de l'indépendance et goût d'aider les personnes moins favorisées. Votre destin est entre vos mains, mais ne soyez pas généreux au-delà de vos moyens.

27 août. Réservé, studieux, analytique, aimant la littérature, la musique, les arts. Vous devez avoir davantage confiance en vous, et la capacité de comprendre le point de vue des autres.

28 août. Qualités mentales exceptionnelles, indépendance de pensée. Un aspect de cet horoscope indique le désir de défier les conventions. Tendance contre laquelle il faut lutter.

29 août. Esprit vif, attitude calme, pacifique envers la vie. Gains par associations sentimentales et par l'amitié. Grand pouvoir sexuel.

30 août. Esprit adaptable, versatile, intuitif. Un aspect de cet horoscope indique une tendance à se fatiguer vite. Personnalité charmante, bon sens de l'humour, application dans le travail.

31 août. Nature sensible et idéaliste. Certains aspects soulignent une tendance à être trop généreux. Apprendre à distinguer le vrai du faux.

1er septembre. Esprit original, nature réservée, sensible. Un aspect de cet horoscope indique que le natif manque d'audace pour surmonter les obstacles. Des compagnons amicaux peuvent faire beaucoup pour vous aider à atteindre votre but et à vous rendre la vie supportable.

2 septembre. Dispositions brillantes; le natif poursuivra une carrière libérale, intellectuelle. Coquetterie. Veiller à ne pas trop dépenser sur ce plan.

3 septembre. Astuce, esprit pratique, intuition, tempérament artistique, généreux, bon cœur, avec une tendance à se dérober devant les responsabilités.

4 septembre. Volonté, énergie, autorité, initiative et de bonnes dispositions pour le commerce. Tendance vers l'extravagance. Nature ardente, très sensible, aimant l'aventure, pleine de rêves sauvages, qui doit être modérée.

5 septembre. Nature souple, intelligente, imaginative, trop généreuse, aimant la comédie, le théâtre. Tendance à disperser ses talents dans plusieurs directions à la fois.

6 septembre. Sensible, impressionnable, curieux, aimant les longs voyages. Intérêt pour la politique, le droit et les activités humanitaires.

7 septembre. Esprit vif, alerte, rapide, profondément ému par les grandes sympathies, tendance à se mêler des affaires des autres. Des ennuis en résul-

teront, car il vaut toujours mieux ne s'occuper que de ses propres affaires.

8 septembre. Nature énergique, grande rapidité dans l'exécution des tâches. Persévérance, détermination, même en face des difficultés, ce qui conduira au succès. Choisir ses amis et ses associés avec discernement. Tendance à l'impulsivité, surtout en matière de cœur.

9 septembre. Esprit vif, grand pouvoir de concentration, tendance à regarder la vie trop sérieusement; il faudrait créer une atmosphère plus gaie; la personnalité est magnétique et indépendante; réussite dans le monde des affaires.

10 septembre. Prestance, charme, magnétisme, esprit inventif, haut degré d'originalité, mais santé délicate, craignant les rhumes. Éviter les spéculations.

11 septembre. Caractère splendide, nature sympathique, sensible, tout pour réussir dans la vie, si on corrige une tendance à se trouver trop facilement satisfait de soi-même. Les problèmes sentimentaux doivent être envisagés avec patience.

12 septembre. Personnalité expansive, géniale. Grande popularité. Personnalité charmante, éloquente, mais il faudra stabiliser l'affectivité. Trop de tendance à la rêverie inutile.

13 septembre. Dispositions brillantes, avec une personnalité magnétique, pour qui le succès est assuré sur le plan matériel; une originalité marquée, du bon sens, de l'humour, une imagination vivante, avec un excès d'énergie favorisant l'agitation.

14 septembre. Personnalité agréable, pouvoir d'intuition remarquable. Grande sensibilité qui peut devenir incontrôlable, sauf si l'on équilibre cet excès par une bonne dose d'humour et une autodiscipline. Éviter la solitude. Pratiquer les arts.

15 septembre. Esprit intellectuel, scientifique, expérimental. Des grandes qualités de sociabilité permettent de faire ce que l'on veut de ses amis.

16 septembre. Bon, sympathique, esprit avide, curieux, peut-être attiré par la médecine. Une certaine capacité de vous lier avec toutes sortes de gens vous aidera matériellement à obtenir de bons résultats dans la vie.

17 septembre. Bienveillant, charitable, sympathique, avec le désir d'aider ceux qui sont moins heureux. Tendance à la vanité.

18 septembre. Charité, bonté, personnalité magnétique, talent pour attirer des amis loyaux. Il serait sage de se concentrer sur des réalisations personnelles concrètes.

19 septembre. Esprit ˜ aigu, grande ambition, personnalité très magnétique, dispositions entreprenantes, désir de changements fréquents.

20 septembre. Esprit alerte et intuitif, tendance à dominer. Cultivez l'humilité; des personnes au-dessus de vous vous aideront.

21 septembre. Poli, agréable, sympathique, mais tendant à broyer du noir. Cela à cause d'un naturel sensible.

22 septembre. Dispositions brillantes, gaies, nature généreuse. Grand attachement au foyer et à la famille. Toujours élégant.

L'écriture de la Vierge

L'écriture du natif de la Vierge sera rarement spontanée, mais beaucoup plus généralement choisie, voulue et exécutée telle par le scripteur. Il faut le voir user de sa plume pour bien comprendre ce mécanisme. Il reste perpétuellement conscient du choix de son écriture, comme il est toujours présent dans ce qu'il fait.

Il utilise, dans le plus grand nombre de cas, l'écriture penchée à droite, parce qu'il a, en lui, un fond conservateur. L'ancienne écriture, dite « anglaise »,

174

En osant mettre mes tres respectueux hommages au pied du Throne, Votre Excellence voudra bien suppleer a tout ce que je ne pourrois exprimer que tres faiblement.

Flatté d'avoir recu ce Gage precieux des mains de Votre Excellence je La prie d'agreer et mes treshumbles remercimens et l'assurance de la haute consideration avec la quelle j'ai l'honneur d'etre

de Votre Excellence

Weimar
12 Novembre
1808.

le treshumble et tresobeissant
Serviteur
de Goethe

Lettre autographe de Gœthe, 1808.

a laissé en lui une sorte d'archétype du classicisme.

Tel que nous l'expliquons ici, on devine qu'il est difficile de prévoir son écriture. Car le fait qu'il s'y applique ne sous-entend aucune calligraphie à proprement parler. Si tel est son choix, il pourra donner volontairement une allure désinvolte ou même négligée à son écriture. Son application se révélera à la présence des accents et des points sur les *i* et les *j*.

Cela posé, à quoi peut-on reconnaître que scripteur est né sous le signe de la Vierge ?

Généralement au fait que cette écriture correspond « trop bien » à la culture, à la profession du scripteur.

Au fait, également, que les lignes sont droites et les marges bien ordonnées : larges à gauche de la feuille, minuscules à droite; de même, les mots ne se terminent pas en dégringolade au bout de la ligne; le scripteur a prévu l'espace nécessaire.

Le personnage est orgueilleux, et cela peut se traduire par la hauteur des lettres; il ne choisira pas volontiers d'écrire avec de toutes petites lettres. Il est loyal, aussi son écriture reste-t-elle toujours très lisible; il est bon, et cela peut se discerner aux jambages des *n* et des *m*, qui seront inversés comme ceux du *u*, mais il est ironique, moqueur, voire cinglant, ce qui va donner des angles aigus et des pointes à ses lettres. Les *m* et les *n* finiront par devenir des zigzags !

Sa culture, l'aspect intellectuel de son raisonnement, peuvent se traduire par des majuscules simplifiées, sans boucles ornementales, mais cela n'ira pas, le plus souvent, jusqu'à la lettre du genre typographique.

Dans la plupart des cas, l'écriture sera ordonnée, claire, grande, appuyée; la signature, simple et sans ornements.

Un visage classique

Les traits du natif de la Vierge sont avant tout réguliers. Le personnage est en général lisse, classique, un peu tendu parfois, mais de visage ovale, bien équilibré, exprimant l'application, le zèle, la réserve et, dans certains cas, un peu d'inquiétude.

Le natif de ce signe se préoccupe beaucoup de ce que les autres pensent de lui.

On dit généralement de ce natif qu'il a la figure pleine, les yeux clairs, le front haut, les cheveux renversés en arrière, la démarche vive et brève, la voix tranquille et l'attitude bien contrôlée.

La partie médiane du visage, donc le nez et les joues, est la plus importante.

Les yeux sont assez rapprochés; le nez peut être un peu large, et il peut être légèrement aquilin. Les pommettes ne sont pas accentuées, mais généralement estompées par la ligne douce de la joue charnue. Le visage s'équilibre avec un cou mince et un corps plus généralement longiligne et orienté plutôt vers la souplesse et l'agilité que vers la force ou la violence.

Le bas du visage est souvent fin, sans graisse, avec un menton souvent pointu, toujours mince, et une bouche plutôt petite, même chez l'homme, aux lèvres fines sans être réellement minces.

Le teint est rarement parfait, le natif de la Vierge étant sujet à des troubles de l'appareil digestif. Cependant, le soin qu'il apporte à sa personne limite les problèmes de cet ordre, et les femmes surtout savent corriger ce défaut.

La démarche est agréable, le corps souple et la poignée de main tiède, chaleureuse; le natif de la Vierge est toujours heureux d'une rencontre.

La voix est généralement douce, la prononciation des mots claire, l'élocution très aisée et le vocabulaire très vaste et varié.

Ce portrait ne prétend pas donner tous les traits

communs à tous les natifs de la Vierge, mais chacun de ces derniers s'y retrouvera, au moins en partie.

La chance pour un natif de la Vierge

Tenter de trouver pour les natifs de chacun des signes les éléments constituant leur chance : tel est l'un des buts de ce livre.

En fait, aucun des signes du Zodiaque n'est un signe de chance plus grand qu'un autre. Il existe pour tous les êtres humains un certain pourcentage de fatalité inéluctable. Et, si vous étudiez loyalement et complètement un assez grand nombre d'existences complètes, c'est-à-dire allant de la naissance à la mort, vous en aurez la preuve : joies et tristesses, drames et sérénité, santé et maladies paraissent avoir été distribués avec la plus parfaite équité.

Il m'est souvent arrivé de recevoir les confidences plaintives, gémissantes et désespérées de personnes qu'une suite de malheurs étonnait et chagrinait à la fois. Je leur ai toujours dit ceci :

— Vous êtes malheureux en ce moment; depuis quelque temps, pour vous, tout semble aller très mal. Je comprends votre peine et vos pleurs. Mais ne vous découragez pas !

« En fait, dites-vous bien que nous avons tous notre part de malheur et notre part de chance. Ces parts sont équivalentes en chacun de nous. Si vous pensez que vous subissez des malheurs en série, dites-vous que d'autres les subissent entrecoupés d'intervalles plus heureux; ce qui fait que l'ensemble est réparti sur une plus longue durée ! »

Mais peut-on favoriser sa chance au point de recevoir, en cas de malheur, quelques compensations ? Existe-t-il des moyens d'attirer la chance ?

Vouloir attirer la chance par la prière, souhaiter le miracle et le demander à Dieu ne me paraissent pas constituer le meilleur moyen de réussir. Tout le monde le souhaite mais peu l'obtiennent.

Peut-être parce que, quand la chance vient, on ne la reconnaît pas.

Reprenant ces deux points, posons d'abord la question : Y a-t-il une certaine façon de prier qui attire la chance ?

Il y a, en effet, plusieurs façons de prier. On doit d'abord se demander ce qu'est la prière. L'athée, celui qui ne croit pas à l'existence d'une divinité au-dessus de toutes choses, peut-il prier ? Il ne se pose pas la question puisque, pour lui, il n'existe pas de puissance divine. Il lui arrive pourtant, dans les cas graves, de souhaiter une bonne solution avec une telle intensité, une telle force intérieure, que, tout vocabulaire mis à part, on peut considérer que son appel intérieur possède force de prière.

En fait, la prière la plus classique et la plus efficace reste collective. Il serait curieux qu'une seule voix se fasse entendre de Dieu. Mais toute une assemblée que la liturgie savamment orchestrée d'un office religieux a portée à son point maximal de ferveur, de foi, de concentration, d'élévation, dégage une force qui pourrait porter votre vœu, votre souhait, votre demande et lui donner plus de force. C'est pourquoi la prière doit se faire en commun et, sinon au cours d'un office, au moins dans une église, là où le magnétisme de l'assemblée des fidèles demeure en permanence.

Pour être efficace, la prière ne doit rien demander pour celui qui prie, mais toujours pour un autre. C'est ainsi que vous ne pouvez pas prier pour gagner le gros lot à un jeu de hasard, mais vous devez demander, avant de fixer votre jeu, que votre entourage puisse avoir la joie de bénéficier de votre gain; ou que vous soyez en mesure de ne plus être, financièrement, à la charge de vos proches, etc.

Il faut bien constater aussi que nous ne reconnaissons pas toujours la chance quand elle se présente.

Pour la reconnaître, il faut d'abord savoir clairement de quoi on parle... Ce qui revient à poser les questions : Qu'est-ce que la chance ? Qu'appelle-t-on avoir de la chance ?

— Vous avez de la chance si, chaque fois que vous entreprenez quelque chose, vous constatez que tout semble s'harmoniser pour vous aider à réaliser votre projet;

— Vous avez de la chance si, toutes les fois que vous laissez faire le hasard, vous gagnez : à la loterie, aux courses, au casino, etc.;

— Vous avez de la chance si, partout où vous vous rendez pour la première fois, les choses se mettent à « bien marcher », si les gens dont vous faites la connaissance ont de la chance à partir de ce premier contact avec vous;

— Vous avez de la chance si vous proposez vos services, votre collaboration à tout hasard, et si on vous accepte d'emblée.

La chance serait donc l'œuvre du hasard ? Pas du tout. Il semble qu'il n'y ait pas hasard et que la chance soit la résultante de plusieurs forces. De quelles forces la chance peut-elle être la résultante ?

D'abord, des dispositions planétaires. Vous avez besoin de trouver une situation et — au même moment — vous tombez amoureux et voulez vous marier le plus tôt possible. Supposez qu'un hasard malencontreux, peut-être suscité par Saturne, suscite mille et une entraves à votre mariage, ce qui le fait reculer de plusieurs mois. Supposez que, troublé par ces contretemps, vous cherchiez un dérivatif dans un travail très dur et très intense et que cet effort vous permette d'obtenir un poste important, bien rémunéré. Vous allez vous trouver pourvu d'une bonne situation, donc en mesure de fonder un foyer dans des conditions confortables et, comme le temps a passé, votre union pourra prendre le départ dans les meilleures conditions. On peut donc estimer que le contretemps qui vous a forcé de remettre vos projets constituait un élément de chance.

Il reste à noter que la chance est délicate à définir et difficile à reconnaître. Dans une production télévisée assez récente, on montrait un jeune boxeur qui, dans la bousculade d'une manifestation de rue, était accidenté à la colonne vertébrale.

— Il a de la chance, déclarait un des personnages, il est paralysé, mais il aurait pu être tué.

Cependant, le garçon aurait pu dire que, s'il avait eu de la chance, il serait mort !

Cette difficulté à définir, à reconnaître la chance se traduit généralement par cette constatation qui peut exprimer la résignation, la froide objectivité, la pitié, ou encore le dépit, le regret, la mélancolie : « Les voies de Dieu sont impénétrables. »

En tentant de savoir ce qu'est la chance, peut-on l'attirer à soi ? l'obtenir ? la garder ? Que peut-on faire en faveur de la chance ? Y a-t-il des règles, des principes, des méthodes qui attirent la chance ?

La réponse est affirmative. La chance existe, elle peut vous venir par hasard, elle peut aussi être attirée, provoquée, retenue près de vous. Il suffit de connaître les bonnes méthodes. Et d'abord, si la chance arrive, saurez-vous en profiter ?

Pour avoir de la chance

Par la connaissance du signe sous lequel vous êtes né, vous êtes en mesure de déterminer un certain nombre d'éléments qui vous seront utiles.

On pourrait dire de la chance qu'elle caractérise la vie de celui qui sait s'intégrer aux grandes harmonies universelles et qui accepte de plier l'échine tant que tombe sur lui la grêle des contrariétés et des intempéries.

La chance peut venir à celui qui l'appelle.

Par exemple, vous pouvez porter sur vous un talisman. Il en existe de toutes sortes; le meilleur pour vous est celui dans lequel, instinctivement et sans y réfléchir, vous sentez que vous avez confiance : ne vous en séparez pas.

La championne du monde de patinage artistique, Raymonde du Bief, m'offrit un jour un talisman :

— Je sens que la vie ne vous favorise pas, me dit-elle avec cette gentillesse rieuse qui la caractérise. Je vais vous offrir un porte-bonheur.

C'était une breloque en argent représentant une paire de patins à glace, qui avait été portée par un garçon qui patinait à la perfection et s'acheminait vers la célébrité, mais qui s'était vu brutalement paralysé des jambes à la suite d'un accident.

— Je n'ai plus besoin de lui, avait-il dit à la jeune fille. Prends-le, qu'il te conduise au championnat !

Et le talisman l'avait conduite aux succès internationaux.

— Maintenant, il a rempli son office. Prenez-le à votre tour !

Avec moi, le talisman a eu la même influence bénéfique, et quand la chance est revenue s'installer dans mon foyer, j'ai donné la breloque à quelqu'un qui se trouvait dans une mauvaise passe.

Le talisman réel, qui n'est pas le simple porte-bonheur, se conçoit selon le signe sous lequel est né celui qui le porte, et en considération des différentes données. Il existe des correspondances entre le Zodiaque et les éléments divers qui nous entourent.

Un talisman pour la Vierge

Pour s'initier à la grande ronde des correspondances, apprenez quelques détails relatifs à votre signe : la Vierge, et à votre planète : Mercure.

182

La Fortune. *Gravure allemande du début du siècle.*

Habituellement, un signe, une planète correspondent à un métal. C'est dans ce métal que l'on fait le talisman.

Ici, le métal c'est le vif-argent. Comme il est liquide, le problème paraît délicat. On pourrait bien envisager d'utiliser un alliage, mais pourquoi ne pas l'enfermer pur, dans une petite fiole destinée à contenir un parfum, boucher définitivement ce récipient et le porter, suspendu comme une médaille ? Rien ne vous empêche d'orner la fiole de dessins représentatifs de la planète Mercure d'un côté et du signe de la Vierge de l'autre !

Le meilleur style de vie

On pourrait croire que le natif de la Vierge tend vers l'hypocondrie et qu'il se traite lui-même en valétudinaire. Pas du tout. On en connaît de très en train. Simplement, ils ont trouvé leur équilibre physiologique.

La vie la plus sage n'est pas toujours la plus saine, et l'ennui d'un régime tenu trop strictement et trop longtemps rend... dyspeptique. Ce n'est pas le risque que veut courir le Vierge.

Pour les natifs du signe de la Vierge, le meilleur style de vie, c'est celui qui permettra d'exercer une profession que l'on aime. Mais, comme c'est un être qui aime le travail, il n'a pas de peine à trouver sa voie.

Il ne faut pas qu'il vive seul : en effet, seul, il se consacrera entièrement au travail et oubliera de prendre du repos. Il lui faut se marier, afin d'être forcé de suivre un autre rythme que le sien dans certains cas. Par exemple, prendre régulièrement des congés et se distraire de temps à autre.

Il ne s'attend pas à trouver dans la vie des satisfactions spectaculaires, mais il aime et apprécie le confort; pour l'acquérir, il saura fournir les efforts nécessaires.

Son destin face à l'argent

Le natif de la Vierge paraît particulièrement doué pour amasser des économies et pour faire des placements intéressants.

Le type classique des natifs de ce signe est essentiellement économe et prévoyant. C'est le type même de l'homme qui, après avoir touché sa paie, met de côté dans de petites enveloppes la part pour le loyer, la part pour les impôts, la part pour les traites, etc. C'est le personnage un tant soit peu maniaque qui s'organise son petit budget personnel, qui cotise à des mutuelles, à des caisses d'épargne et qui prépare avec soin sa retraite. A force d'économies et de sage gestion, il arrondit petit à petit son bas de laine. Il ne croit pas beaucoup à la chance et il n'est pas joueur. Il ne sait pas faire crédit à la vie, au hasard, et refuse absolument de spéculer.

Pour que le natif de la Vierge réussisse véritablement, il faut que des planètes se trouvent bien situées dans son ciel. Dans ce cas, il est en mesure de battre tous les records en matière de réussite, qu'il s'agisse de réalisations artistiques, de fortune commerciale ou de succès financiers.

Sans appui de cet ordre, notre Vierge s'appliquera tout le long de sa carrière à démontrer qu'il faut travailler honnêtement pour gagner sa vie et qu'il n'est guère possible de réussir une éclatante fortune.

Car il manque toujours au natif de la Vierge une étincelle que l'on pourrait appeler inspiration, illumination, idée géniale — ou, au moins, une petite passion qui transcende l'action.

La Vierge est un signe aride et dépouillé. D'une manière générale, le natif du signe ne peut espérer qu'une modeste aisance, une réussite très moyenne, celle qu'on reconnaît à la longue, à force de voir toujours la même personne faire le même travail.

Faut-il se résigner à patienter jusqu'à l'âge de la retraite ? Beaucoup de ceux qui nous lisent se disent certainement que cela n'est pas si mal, si la vie se déroule dans le calme et la tranquillité ; il y a tant de personnes pour lesquelles c'est l'image du paradis sur terre !

Espérons que ceux qui ont cette vie-là sont justement ceux qui l'ont souhaitée et qui l'apprécient.

Ses chances en politique

Le natif de la Vierge est supérieurement doué pour tout ce qui concerne la gestion et l'économie, les statistiques et les communications. Il a cependant un léger défaut par rapport à la vie politique : il manque de souplesse dans l'argumentation ; ce qu'il pense, il a envie de le dire. Lorsqu'il ne l'exprime pas, il remplace une déclaration trop directe par une autre qui, trop visiblement, est tout artificielle et fabriquée. A vrai dire, il déteste se plier à un conformisme qui veut que l'on ne dise pas tout ce qu'on pense.

D'autre part, un natif de la Vierge se sent toujours imparfait, mal en place, moins bien considéré qu'il ne voudrait, soit qu'excessivement vaniteux il n'atteigne jamais la perfection dont il se pense capable, soit que, réellement modeste, il ne croie pas à sa propre valeur.

Enfin, les natifs de la Vierge sont sujets à des troubles de santé de caractère psychosomatique, et les agitations d'une carrière où la roche Tarpéienne jouxte le Capitole ne sont pas bonnes pour eux.

C'est pourquoi la carrière politique n'est pas celle où il ont les meilleures chances de se sentir heureux.

Les natifs de la Vierge à table

La bonne cuisine, la préparation des conserves et des confitures (plus encore les conserves proprement dites que les confitures) sont parmi les réussites de la Vierge. Le tout minutieusement préparé, dosé, étiqueté, rangé dans l'un de ces chers placards qu'aiment tant ces natives. Elles sont généralement des cordons-bleus. Si elles échappent à la règle par suite d'une autre disposition astrologique de leur thème natal, le goût et, qui mieux est, le sens de l'ordre ne leur font jamais défaut. Je parle d'elles, je dirais « ils » tout aussi bien. Il est rare qu'un homme de ce signe ignore l'art culinaire ; s'il s'y adonne avec le goût de la perfection que ces natifs et ces natives apportent à tout, il réalisera, comme elles, ce miracle de n'avoir jamais autant de désordre autour de lui ! La cuisine ressemblera à son bureau. Les gens de la Vierge sont déconcertants d'ordre et d'exactitude. Rien ne traîne. Devraient-ils assurer le repas de dix personnes, en se servant des ustensiles les plus hétéroclites, des denrées les plus diverses, ils travailleront sans donner l'impression d'avoir mis quoi que ce soit sens dessus dessous autour d'eux.

Leur salle à manger est aussi nette et briquée ! Leur digestion se ferait mal dans une pièce où les choses ne seraient pas à leur place. Il était certainement de la Vierge celui qui a édicté : « Chaque chose à sa place, une place pour chaque chose. » Un décor harmonieux, des plis de rideau qui tombent rigoureusement; sur la table, des couverts de belle argenterie sans trop de fioritures, une nappe unie sans taches, des assiettes de fine porcelaine à filets discrets, voilà qui les prédispose à savourer un bon repas.

Mais si tous les natifs de la Vierge ne sont pas sans exception des maîtres queux, si tous indistinctement ne sont pas des gourmands ou des gourmets, tous ont à compter avec leur tube digestif. J'attends encore d'en connaître un (ou une) qui n'ait eu quelque gêne de ce côté-là. Estomac, foie, intestins sont leurs poïnts faibles. Mais ils restent satisfaits de voir leurs hôtes se délecter de leur cuisine. La Vierge possède des qualités d'altruisme, de sociabilité qui se font jour en cette circonstance comme en d'autres. Comme le Bélier, et même davantage, les natifs de ce signe n'ont pas à craindre d'être punis de leur gourmandise (si gourmandise il y avait !) par un excédent de graisse ! Leurs astres leur conseillent toutefois de veiller à leur alimentation; ils savent d'ailleurs trouver le régime alimentaire qui leur convient. Ils savent aussi discerner ce qui convient à leurs proches et s'entendent à bien faire observer le régime convenable. Toujours par ce sentiment d'altruisme que nous avons noté, ils sont capables de prendre plus grand souci du voisin que d'eux-mêmes.

Les aliments à base de potassium devraient les aider à combattre leurs difficultés digestives.

Aussi les céréales, les olives noires, les pois, carottes, lentilles, endives, pommes en robe de chambre avec la pelure, romaines, pissenlits, cresson, asperges, pain de son, figues, noix de coco leur sont-ils recommandés.

Natifs de la Vierge, voici votre meilleur décor

Vous rêvez d'un décor simple et minutieusement conçu. De bonnes armoires bien garnies, des tapis nets, très épais, des fauteuils à oreilles, des petites tables à lire ou à ouvrage, des tabourets pour y poser les pieds.

Dans une jarre ayez une gerbe de blé; cela vous donnera tout de suite la sérénité. Les épis de blé en motifs décoratifs ajouteront à votre sentiment de sécurité.

Vos armoires seront intérieurement tendues de

toile de Jouy et contiendront un trousseau ménager bien rangé, bien net, dans un ordre et dans un entretien parfaits. Vous aurez des buffets bien rangés, garnis de pots de confitures, une vaisselle simple et de bon goût. Votre maison sera sereine, rassurante, tranquille et pleine de bienveillance et de réserve.

Comme vous êtes sage et raisonnable, vous aurez grand soin de chaque objet et vos livres seront bien reliés et en bon ordre.

Vous aurez une bonne salle à manger et des chambres très bien installées; mais salons, ou bureaux, ou pièces de pure décoration, pièces réservées aux réceptions seront inconnus chez vous, car votre sens pratique est orienté vers une vie tranquille.

Une remarque : vous tenez beaucoup à votre santé, aussi prévoyez une confortable armoire aux remèdes, d'accès facile et que vous aurez plaisir à tenir en ordre parfait.

Voici votre vade-mecum pour rester en forme

Vos points sensibles sont : les intestins, le système digestif, les systèmes sympathique et nerveux.

Les indices de vos maladies sont les suivants : déminéralisation, douleurs abdominales, gaz, hypertension, anxiété, insomnie.

Maladies éventuelles : entérite (sèche et diarrhéique), colite, allergies, dermatoses, troubles neurovégétatifs et nutritionnels (mauvaise assimilation des protides, des lipides et des sucres), dolichocôlon et mégacôlon, parasitose intestinale.

Si vous voulez rester en bonne forme, voici ce que vous ferez. Bien que vos organes les plus sensibles soient les intestins, ce qui conditionne votre état de santé est votre bon équilibre nerveux. Vous devrez absolument apprendre à vous détendre, soit en pratiquant le yoga, soit en vous initiant à l'autohypnose, qui est une méthode très simple pour apprendre à se détendre.

Si vous êtes malade, quels que soient les symptômes que vous éprouvez, pensez que vos intestins peuvent en être la cause. Faites préparer chez l'herboriste la tisane suivante et buvez-en trois tasses par jour : mauve, 20 g; renouée des oiseaux, 20 g; racine de consoude, 20 g; souci officinal, 20 g; bugle rampante, 20 g; potentille, 20 g; mélisse, 20 g. Vous comptez quatre cuillerées à soupe pour un litre d'eau chaude, que vous laissez infuser dix minutes. Vous filtrez et vous buvez tiède.

Pamphilie. Des clercs et nobles femmes, *de Boccace, XVe siècle.*

ORIGINE DES ILLUSTRATIONS

Bibliothèque nationale : 2, 37, 38, 79, 80, 93, 113, 114, 191 — *Bibliothèque des Arts décoratifs / Jean-Loup Charmet* : 45, 94, 167, 183 — *Bulloz* : 60, 68, 160 — *Jean-Loup Charmet* : 13, 23, 90 — *Giraudon* : 8, 62, 131 — *Roger-Viollet* : 26, 28, 35, 72, 100, 111, 116, 175 — *Archives Snark* : 85, 107, 132. *Atlas Photo/Adelmann* : 189 / *Ensky* : 6 — *Gamma/Laurent* : 76 — *Magnum/ Hartmann* : 16 / *Morath* : 58.

Achevé d' imprimer
sur les Presses de la
Société **LITOPRINT, S. A.**
à Fuenlabrada (Madrid)
le 1 mars 1984

Dépôt légal 1.er trimestre 1984

N° d'Editeur : 606